Celia, lo que dice

Biblioteca temática

Elena Fortún

Celia, lo que dice

Prólogo de Carmen Martín Gaite
Dibujos de Molina Gallent

El libro de bolsillo
Biblioteca juvenil
Alianza Editorial

Primera edición en «Libros Singulares»: 1992
Sexta reimpresión: 1995
Primera edición en «Biblioteca temática»: 2000
Cuarta reimpresión: 2008

Diseño de cubierta: Alianza Editorial
Proyecto de colección: Odile Atthalin y Rafael Celda

Calle Juan Ignacio Luca de Tena, 15;
28027 Madrid; teléfono 91 393 88 88
www.alianzaeditorial.es
ISBN: 978-84-206-3575-0
Depósito legal: M. 18.306-2008
Compuesto e impreso en Fernández Ciudad, S. L.
Coto de Doñana, 10. 28320 Pinto (Madrid)
Printed in Spain

Pesquisa tardía sobre Elena Fortún

Muchos de los niños españoles nacidos antes de la Guerra Civil, que crecimos acompañados por Celia y su hermano Cuchifritín, al ver años más tarde que también nuestros hijos disfrutaban con el relato de sus andanzas, nos quedábamos en blanco si se les ocurría preguntarnos quién fue o dónde estaba ahora esa Elena Fortún que escribió unos cuentos tan preciosos. Yo también se lo había preguntado a mi padre al principio de los años cuarenta, cuando empezaron a dejarse de publicar en la editorial Aguilar títulos de la serie. ¿Qué había pasado? Y él se encogió de hombros. «No sé –dijo–, supongo que le pillaría en zona republicana (mi padre nunca decía «zona roja») y se habrá exiliado, como han tenido que hacer muchos escritores.» Así era, en efecto, según supe hace relativamente poco, cuando Elena Fortún, que me había hecho pasar ratos tan deliciosos en la infancia, ya se había muerto. La Guerra Civil, que quebró el hilo de tantas historias, había marcado a fuego la de esta señora e interrumpido, como consecuencia, las que nos contaba sobre Celia y su hermano.

Las aventuras y desventuras (en el colegio, en casa y durante las vacaciones) de aquella niña rubia, preguntona e intrépida, nacida en Madrid poco antes de la República, fueron apareciendo compendiadas en sucesivos volúmenes de la editorial Aguilar a lo largo de los años treinta, y tuvieron un éxito fulminante. A medida que Celia crecía, le iba dejando sitio y voz a su hermano Cuchifritín, que la imitaba un poco, aunque nunca le fue a la zaga en ingenio. Y todos los niños de la época esperábamos con avidez nuevas noticias de los desplazamientos, vicisitudes, amistades y fantasías de los populares hermanos Gálvez, siempre empeñados en arreglar el mundo.

Aquellos libros cuadrados de tapa dura, ilustrados primero por Molina Gallent y luego por Serny, cuya primera edición constituye hoy una rareza bibliográfica, circulaban por todas las casas sobados, releídos, desencuadernados, a veces con calcomanías pegadas en la primera página y las ilustraciones coloreadas con lápices Faber. No habían nacido con vocación de vitrina. Son los volúmenes que años más tarde entregamos a nuestros hijos para que los acabaran de romper con salud, que es en lo que consiste el verdadero disfrute de las cosas. Celia y Cuchifritín se salían del libro para jugar con nosotros a cosas prohibidas en nuestros cuartos «de atrás», entre tinteros destapados, revoltijo de juguetes, cuadernos de dibujo y libros de texto; nos escondíamos debajo de las mesas y de las camas cuando oíamos por el pasillo pisadas enérgicas de las personas mayores y cuchicheábamos hablando mal de ellas, comentando lo que se aburrían y también aquella manía suya de mandar y de explicar las cosas con palabras que nunca se entienden. Y era Celia la que iniciaba la protesta y sugería explicaciones alternativas de la realidad, gracias a las cuales se revelaba que las cosas no siempre son lo que parecen.

Su conversión casi inmediata en amiga de carne y hueso fue para mí un fenómeno tan natural y absorbente que distrajo mi atención de aquel otro nombre de mujer que figuraba junto al suyo y se volvía, por contraste, un tanto irreal, ya que aceptar la existencia de Elena Fortún equivalía a poner en tela de juicio la de Celia y admitir que era un invento de aquella señora. La cual, dicho sea de paso, también tenía algo de invento, porque se camuflaba bajo un pseudónimo. Pero eso, que me hubiera parecido muy emocionante por estar relacionado con el mundo de los disfraces, yo entonces no lo sabía.

Todo lo que he sabido acerca de Elena Fortún –y que trataré de resumir a continuación– lo he aprendido cuando ya se me había apagado un poco la curiosidad por enterarme, a destiempo. Aunque no sé si soy exacta al decir tal cosa. Tal vez precisamente ahora, cuando la desintegración del mito de Celia es simplemente otra cuenta perdida de un collar donde ya faltan tantas, sea el momento más idóneo para tratar de recuperarlas todas y enhebrarlas mediante el hilo de la literatura. A la niña que yo fui no le importaba nada de Elena Fortún, pero a la mujer que soy ahora nada puede gustarle tanto como seguirle el rastro a aquella escritora que sin duda llevaba una niña dentro y me la regaló para que jugara con ella.

* * *

Elena Fortún, cuyo verdadero nombre era Encarnación Aragoneses Urquijo, nació en Madrid el 17 de noviembre de 1886, de madre vasca y padre oriundo de Segovia. En esta vieja ciudad castellana situaría la escritora, años más tarde, la residencia del abuelo materno de Celia, en dos de los títulos más logrados de la serie *(Cuchifritín en casa de su abuelo* y *Celia madrecita),* que aportan el contraste, literalmente interesantísimo, del mundo provinciano frente al de la capital en los albores de la Guerra Civil.

Encarna, que no tuvo hermanos, conservó toda la vida una encendida nostalgia por la tierra de sus abuelos paternos –dedicados a la agricultura–, y habría querido ser enterrada en Ortigosa del Monte, un pueblo cercano a Segovia donde veraneaba de niña. Tal vez de estos veranos de adolescencia arranque la amistad con su primo Eusebio Gorbea, cinco años mayor que ella y con el que se casó siendo aún muy joven, en 1906.

Eusebio Gorbea, militar de carrera, llegó a alcanzar en los años treinta la graduación de comandante de Infantería. Durante la campaña de África, a la que asistió con el grado de teniente, fue herido en la famosa catástrofe del Barranco del Lobo, el 27 de julio de 1909. Pero su verdadera vocación era la literatura, que cultivó constantemente, sobre todo en su modalidad teatral. A excepción de unas crónicas sobre la guerra de África publicadas en *El Liberal,* nunca se ocupó de temas militares. Aunque con los años y las penurias del exilio se convertiría en un maniaco depresivo, en esta época de juventud parece que era un hombre extrovertido, de trato encantador y dispuesto a apuntarse siempre a empeños de poco rendimiento práctico. Un perpetuo *amateur*[1]. Todo hace sospechar que su carrera le interesaba poco y que donde se encontraba como el pez en el agua era en el mundo de

1. En la primavera de 1928, Gregorio Martínez Sierra le puso en su libro *Granada, guía emocional,* la siguiente dedicatoria: «Para Eusebio Gorbea, capitán general en el ejército de los soñadores».

la farándula. De hecho, no se limitó a escribir para el teatro, sino que su afición lo arrastró a interpretar algún papel en grupos minoritarios como «El cántaro roto», fundado por Valle-Inclán, «El mirlo blanco» en casa de Ricardo Baroja o «El caracol», dirigido por Cipriano Rivas Cherif[2]. Se movía, pues, en círculos literarios de calidad y, aunque hoy nadie se acuerde del santo de su nombre, llegó a ser un escritor reconocido en su época. En 1929, su obra *Los que no perdonan* fue laureada con el premio Fastenrath de la Real Academia Española, que obtenía por primera vez un autor dramático. Y a pesar de que más o menos desde entonces su mujer empezó a publicar con éxito las historias de Celia y Cuchifritín, el «intelectual» siguió siendo siempre él, y Encarna se plegó, aparentemente de buen grado, a esta distribución de papeles. Lo suyo –decía– era como pintar abanicos. (Ya veremos luego que otras mujeres de la época, incluso más ilustradas y con títulos académicos, se prestaron a desempeñar una figura secundaria y fomentaron su propia infravaloración. El caso más llamativo es el de María Le-

2. Rivas Cherif, apasionado renovador de la escena española, puso en «El caracol» obras de Valle-Inclán, Max Aub, Goldoni, Molière, García Lorca, Andreiev y el propio Gorbea. Entre los actores no profesionales que componían el grupo, se encontraban, además de Gorbea, los hermanos Lluch, Magda Donato y Salvador Bartolozzi. Estos intentos innovadores de «El caracol», que se llevaron a cabo en la Sala Rex (un sótano de la calle Mayor, 8), chocaron con la censura de Martínez Anido, ministro de Primo de Rivera, quien acabó cerrando el local en febrero de 1929, para prohibir la representación del *Don Perlimplín* de García Lorca. Hay quien dice que esta clausura tuvo que ver con el hecho –interpretado como un ultraje al ejército– de que el papel de don Perlimplín se le hubiera adjudicado a un militar: el comandante Eusebio Gorbea [véase *Amor de don Perlimplín con Belisa en su jardín,* Margarita Ucelay (ed.), Madrid, Cátedra, 1990, p. 140 y ss.].

járraga, verdadera autora de las obras que firmaba su marido Gregorio Martínez Sierra. En seguida hablaremos de ella, porque su amistad fue fundamental para la conversión de Encarna en escritora.)

Del matrimonio Gorbea-Aragoneses, que al principio se desplazó a diferentes provincias españolas a causa de la carrera militar del marido, nacieron dos hijos varones, en 1908 y 1909 respectivamente. El primero, Luis, se casaría joven con una señorita suiza, a quien conoció en Lausanne y con la que no tuvo hijos [3]. El segundo, a quien apodaban Bolín, murió en 1920 con diez años.

Su bondad, inocencia y alegría son ensalzadas en la larga dedicatoria con que su padre encabezó en 1922 la arbitraria e indigesta novela *Los mil años de Elena Fortún,* de cuya protagonista-narradora tomó Encarna Aragoneses más tarde el pseudónimo que la iría haciendo progresivamente famosa, mientras el libro de Gorbea caía en un explicable olvido. Se trata de una combinación malograda entre el género histórico y el fantástico, donde aquella inicial Elena Fortún divaga a la buena de Dios sobre episodios de la conquista de Madrid y va sirviendo de hilo conductor a un relato que no conduce a nada. (Hace unos veinte años, cuando no tenía yo ni idea de todo esto que estoy contando, encontré este libro, editado por Calleja, en un puesto de la Cuesta de Moyano y lo compré inmediatamente, atraída por su título y creyendo que me daría pistas sobre mi querida

3. Ana María de Gorbea, ya viuda y que hoy vive en Norteamérica, es la única heredera de los derechos de autor de su suegra, y a ella se deben muchos de los informes que he recogido para este trabajo, a través de conversaciones que he mantenido con José Luis Borau, con motivo de la serie televisiva que él ha dirigido sobre los cuentos de Celia, y en cuyos guiones colaboré.

autora. Mi decepción y desconcierto fueron absolutos, como es natural; y además el estilo me pareció insoportable.) No sé lo que pensaría la esposa del autor, que por entonces no había publicado nada todavía, pero es evidente que no le tentó copiar la pesadez de esos «mil años». Se limitó, con muy buen acuerdo, a retener el nombre de aquella criatura de ficción para hacerlo suyo más tarde. Si se le ocurrió como homenaje al talento literario de su marido, estaba lejos de imaginar que era ella, al tomar semejante préstamo, quien lo ponía a rentar y le daba realce.

De todas maneras, las relaciones matrimoniales de Encarna no parece que siempre fueran idílicas. Margarita Ucelay, cuyos padres eran muy amigos de los Gorbea, recuerda que durante algún período (que no puede precisar con exactitud, aunque lo sitúa en los años veinte) aquella señora cogió los bártulos y se fue a vivir con una amiga, porque no aguantaba la vida conyugal, decisión que se comentó como «una campanada». Lo que parece evidente, en cambio, es que Eusebio Gorbea, relacionado con tantos escritores y artistas de la época, fue quien introdujo a su mujer en estos círculos y orientó sus aficiones literarias, porque ella no tenía estudios. Hay quien dice que más tarde la ayudó a limar algunas incorrecciones de un estilo con exagerada tendencia a la espontaneidad, y también que en la pasión por los diálogos, patente en toda la producción de nuestra autora, puede verse la huella de su convivencia con un enamorado del teatro. Sea como fuere, la incorporación de Encarna Aragoneses al mundo de las letras responde a un proceso de incubación lento y soterrado. Ni fue una escritora precoz, ni el espaldarazo para decidirse a serlo se lo dio precisamente su marido.

Hay que avanzar unos años más en su biografía para conocer a quienes habían de espolear su vocación de forma más directa y entusiasta.

* * *

Pero antes de seguir adelante con esta pequeña historia, conviene hacer un alto para situarla en el marco de otra más amplia y compleja: la historia de la trabajosa ruptura con los presupuestos educativos tradicionales que en España se habían venido aceptando pasivamente hasta el último cuarto de siglo XIX, cuando Francisco Giner de los Ríos abrió brecha en el inmovilismo pedagógico, creando la Institución Libre de Enseñanza en octubre de 1876. (Exactamente diez años antes de que naciera Elena Fortún.)

De momento, baste con retener esta fecha y con recordar algo tan sabio como que los hijos y nietos de los institucionistas habían de jugar un importante papel como reformadores de la España contemporánea. Que buena falta hacía, porque a principios de siglo el 70% de la población española seguía siendo analfabeta. La lucha por la escolarización como primer hito para la regeneración de España es el lema de hombres como Mallada, Costa o Picavea, cuyas ansias por sanear el país (por «regenerarlo») surgieron como reacción ante la crisis política y económica que acarreó el desastre del 98. En los albores del nuevo siglo, el Ministerio de Instrucción Pública y Bellas Artes (creado en abril de 1900) se iba a hacer eco de esta corriente, alentando una serie de innovaciones en progresivo conflicto, a medida que avanzaba el siglo, con la mentalidad tradicional. Temas como el de la enseñanza no religiosa o el de la instrucción pública de las mujeres serían, a partir de entonces, centro de encendidas polémicas. Las cuales –no conviene olvidarlo– contribuyeron a acentuar la famosa escisión entre «las dos Españas» que había de desembocar en la Guerra Civil. Una maestra nacional, amiga dilecta de Elena Fortún y militante socialista, se quejaba así desde el exilio en 1949:

¿Por dónde andará hoy el analfabetismo en España? No lo quiero ni pensar, y no puedo dejar de pensar en ello. Después de tres años de Guerra Civil, después de diez largos de Dictadura militar... ¿cuántos niños habrán vuelto a vagar por las calles de nuestras ciudades y aldeas sin hallar quien les parta el pan de la doctrina?[4].

La «generación de 1914», aglutinada en torno a José Ortega y Gasset (tres años mayor que nuestra autora) tiene como principales plataformas de expresión la tribuna del Ateneo y el periódico «El Sol», fundado en 1917. Este grupo generacional, al que pertenecen de lleno Eusebio Gorbea y su mujer, cuenta entre sus nombres más ilustres con los de Pablo de Azcárate, Ramiro y María de Maeztu, Manuel Azaña, Luis Araquistain, Margarita Nelken, Américo Castro, Gregorio Marañón, Victoria Kent, Fernando de los Ríos, María y Gregorio Martínez Sierra, los Machado, Ramón Pérez de Ayala, etc. A raíz de la primera guerra mundial, estos hombres y mujeres, imbuidos de un cierto espíritu de *élite* muy orteguiano, inician una búsqueda de la modernidad, tomando como modelo a Europa, y su empeño primordial es el de encontrar soluciones para el retraso educativo de nuestro país. Como apuntó Cossío, «es una época saturada de pedagogía».

En mayo de 1918 se crea el Instituto Escuela, experiencia singular que recogía la semilla de la Institución Libre

4. María Martínez Sierra: *Una mujer por caminos de España*, Madrid, Castalia, 1989, p. 66.

de Enseñanza y gracias a cuyas iniciativas, la educación doctrinal y rutinaria se puso en tela de juicio y fue dando paso a métodos de aprendizaje que incluían la participación de los alumnos y tendían a desterrar la noción de sacrificio, sustituyéndola por la de diversión.

Desde el mismo momento de su fundación tuvo un protagonismo especial en este centro una destacada pedagoga española, que ya en 1915 había fundado (bajo el Patronato de la Junta para Ampliación de Estudios) el primer centro oficial de España para mujeres universitarias, la Residencia de Señoritas, ridiculizada por sus detractores como «internado exótico». Discípula de Unamuno y Ortega, asistente a diversos congresos sobre educación en Europa y Norteamérica, aquella exótica pionera, hija de padre vasco y madre inglesa, se llamaba María de Maeztu Whitney. Un diplomático chileno, que la conoció por entonces, nos ha dejado de ella el siguiente apunte:

> Rubia, menuda, vibrante, se expresa con una locuacidad tal que a veces resulta casi imposible seguirla..., por la cantidad de cosas que hilvana en un breve período de tiempo. Es una tarabilla, pero llena de criterio y buen sentido. Sin el menor aspecto varonil, no tiene, sin embargo, tiempo para ser femenina. Viste de cualquier manera y es inexistente en ella todo espíritu de conquista[5].

Si me he detenido con cierto pormenor en el perfil de María de Maeztu, es por lo representativo que resulta de un tipo de mujer poco común hasta entonces, tratando de imponerse a los hombres y de buscar un lugar entre ellos, sin empuñar las armas de la coquetería ni de las lá-

5. Carlos Morla Lynch: *En España con Federico García Lorca,* Madrid, Aguilar, 1957, p. 93.

grimas, la «mujer del porvenir» a que había aludido Concepción Arenal, piedra inevitable de escándalo y pasto para una polémica que había de ir en aumento hasta el final de la Guerra Civil española: la que enfrentaba cualquier conato de reivindicación femenina con la actitud pasiva, conformista y mucho más arraigada de las esposas, madres, hijas y abuelas tradicionales, imbuidas de espíritu de sacrificio y abnegación [6].

Consciente María de Maeztu de que era a estas mujeres sin estudios y que vivían al margen de toda actividad colectiva a las que más falta hacía sacudir de su letargo, consideró preciso establecer otro lugar de reunión no tan exótico ni afín a sí misma como el que daba albergue en la Residencia de Señoritas a unas chicas que ya iban a parar allí porque compartían de antemano sus inquietudes renovadoras. Urgía la creación de un club femenino no universitario, como los que abundaban en Italia, Suiza, París, Berlín o Londres, y que algunas señoras extranjeras echaban en falta al llegar a Madrid. Un sitio de tertulia más corriente, que no despertara recelos, a poder ser. Que de eso se trataba.

En un texto de 1921, donde se intenta desactivar y hacer más atractivo e inocuo ante los reticentes este afán de las mujeres modernas por reunirse fuera de sus hogares, se propone el modelo norteamericano «claro, burgués, práctico y transparente», al que podría llamarse «feminismo de las amas de casa». Invocando este tranquilizador apelativo, se doraba la píldora de un discurso

6. Durante la República quedó de manifiesto que la mujer conservadora seguía siendo difícil de descastar. El voto femenino conseguido en 1931 fue una conquista más aparente que real de Victoria Kent (véase Carmen Martín Gaite: *Usos amorosos de la postguerra española,* Barcelona, Anagrama, 1987, p. 53).

defensor de aquellas mujeres insatisfechas y ya no tan jóvenes que

... después de cumplimentados sus deberes y educados sus hijos, reglamentada en perfecta ordenación la rutina del arreglo doméstico, cumplidos ya o a punto de cumplirse los cuarenta años, curadas de amor, se encontraron ya no tan bonitas pero sí tan sanas y tan fuertes como a los veinte, con el entendimiento más abierto y el corazón más generoso, y no quisieron resignarse a retirarse a un rincón de la vida como trastos inútiles... Estas mujeres «maduras» comprendieron que si para los hombres no es desgracia haber llegado a la madurez, no debiera serlo tampoco para ellas[7].

A mí no hay quien me quite de la cabeza que en este texto (perteneciente a un libro muy divulgado en la época), donde se da una de cal y otra de arena, está el embrión del proyecto que le andaba rondando a María de Maeztu, fiel trasunto, enunciado en castellano, de aquellos clubs europeos y americanos que ella había conocido, propicios para fomentar el intercambio de ideas, encauzar actividades de tipo artístico y literario o simplemente dar a algunas amas de casa, hartas de encierro, ocasión para cambiar de decorado y conocer a nuevas amigas, con las cuales charlar, tomar el té y jugar a las cartas[8].

Así surgió en 1926, bajo la presidencia de la infatigable María de Maeztu, el «Lyceum Club femenino», que se puso de moda en seguida, y donde muchas madrileñas

7. Gregorio Martínez Sierra: *Cartas a las mujeres de España,* Madrid, Saturnino Calleja, 1921, p. 14.
8. Véase también, como posible apoyo del proyecto: Gregorio Martínez Sierra: *Feminismo, feminidad, españolismo,* Madrid, Saturnino Calleja, 1920, p. 196 y ss.

de la burguesía ilustrada (generalmente casadas y ya no tan jóvenes) encontraron un respiro a sus agobios familiares y una ventana abierta para rebasar el ámbito de lo doméstico. Lo de «mujer honrada, la pierna quebrada» empezaba a ser una antigualla y había que adaptarse al ritmo de los tiempos. Sin embargo, estas reuniones en el Lyceum, que tanto eco hallaron en quienes estaban rabiando por buscar esparcimiento fuera de las cuatro paredes de su casa, siguieron significando para mucha gente –como veremos en seguida– más que un inocuo pasatiempo, «una inquietante novedad», contra la que sólo cabía luchar ridiculizándola.

En el capítulo «Promesas sin cumplir», de *Celia, lo que dice,* la niña entra en el cuarto de su madre, que se está arreglando para salir, y le pide que le tome la lección. Ella sigue puliéndose las uñas distraída y sin hacerle caso, mientras Celia, de pie y con las manos a la espalda, la mira con envidia. Hay un tiesto con un cactus sobre la mesita *art-déco*. Copio parte del breve diálogo entre la madre y la hija:

–[...] ¡Ea, vete a tu cuarto a estudiar, que tengo mucho que hacer!

–¿Qué tienes que hacer?

–Muchas cosas. Tomar la cuenta a la cocinera, escribir dos o tres cartas y salir a las seis a tomar el té con mis amigas del Lyceum.

Celia, a pesar de lo preguntona que es, no hace comentario alguno sobre ese nombre flotante y misterioso, el Lyceum, que nunca más se vuelve a pronunciar. Yo, que me sé casi de memoria lo que se dice en *Celia, lo que dice,* había pasado muchas veces por esta conversación entre la madre impaciente y la niña que no entiende su lección de historia, pero me había quedado tan *in albis* como Celia sobre la identidad de ese sitio raro adonde se escapaba su madre por las tardes a tomar el té, y que sonaba a latín, aunque fuera tan moderno.

En cambio, la autora del diálogo citado conocía de sobra –por haberlo frecuentado muchísimo– aquel local que queda mencionado de pasada y como en clave, un paraíso para madres cansadas del que, naturalmente, estaban excluidos los niños. Porque una de las socias más asiduas y hasta «viciosas» del Lyceum Club, a lo largo de los trece años en que permaneció abierto, fue Encarnación Aragoneses Urquijo, señora de Gorbea. Allí se convirtió en Elena Fortún. Comoquiera que estos años (desde 1926 hasta la toma de Madrid por las tropas del general Franco) son fundamentales para situar la labor de nuestra escritora y entender su proceso de transformación, es preciso hablar un poco de este importante nido del feminismo español, de las polémicas que originó y de las personas que lo frecuentaron.

El Lyceum Club se montó sin ayuda oficial, y en sus estatutos se declaraba que era una asociación ajena a toda tendencia política o religiosa. Antes de cumplirse un año de su inauguración, ya había dado pie a virulentos ataques por parte de las «señoras de toda la vida», a quienes no cabía en la cabeza que una agrupación femenina no estuviera patrocinada ni bendecida por personal de sotana. El director espiritual de las «Hijas de María» comentaba con escándalo que en la biblioteca del Lyceum pudiera leerse tanto el Corán como el Ripalda; y llegó a poner a aquellas señoras en la disyuntiva de darse de baja en el Lyceum o devolver la medalla de la congregación.

No se podía ser al mismo tiempo hija de María y amiga de María de Maeztu[9].

Esto provocó una cierta ola de malestar que, si bien por una parte pudo servir de acicate a quienes veían aquel proyecto como algo original y atractivo, también obligaba a andar con pies de plomo a sus organizadoras y ponía de relieve sus más íntimas contradicciones. Porque la mayoría de las «liceómanas» (como empezó a llamárselas con desdén) no tenían el menor interés en ser tachadas de ateas y mucho menos de desertoras de su hogar o sus obligaciones maternales. No conviene olvidar que el feminismo español estaba en mantillas y que en los libros donde tímidamente se abría camino esta doctrina se ponía un especial cuidado en exaltar al mismo tiempo la feminidad como el adorno más preciado de una española[10]. De hecho, uno de los prejuicios que había intentado desterrar el Lyceum Club era el paralelismo que tendía a establecerse entre las palabras «feminista» y «adefesio» o «mujer infecunda», es decir, la emancipación de la mujer concebida vulgarmente como

> ... una doctrina desaforada, un sueño histérico de pobres solteronas feas, que desfogan la dolorosa ira de no haber encontrado puesto en la mesa del banquete del amor rompiendo cristales a pedradas y reclamando a gritos por las calles el derecho de votar como los hombres[11].

9. Véase Antonina Rodrigo: *Mujeres de España (las silenciadas)*, Madrid, Plaza y Janés, 1979, p. 134 y ss. También he recabado información muy valiosa sobre este centro de Margarita Ucelay y Fernando Baeza Martos.
10. Conviene revisar a este respecto toda la obra de Martínez Sierra, pero sobre todo, *Cartas a las mujeres de España*, Madrid, 1916, *Feminismo, feminidad, españolismo*, Madrid, 1917, y *La mujer moderna*, Madrid, 1920.
11. Gregorio Martínez Sierra: «Feminismo...», *Obras completas*, p. 16.

Pues bien, conocedora María de Maeztu de este extendido prejuicio, al que su propia personalidad podía prestar apoyo –no por fea, sino por soltera–, quiso ponerse en guardia contra él reclutando de preferencia entre señoras casadas a los miembros de su nueva asociación, lo cual no quiere decir que a las solteras se les negara el acceso.

Aparte de responder a la pauta de los clubs femeninos extranjeros que le habían servido como modelo, explotar la cantera de las esposas para nutrir las filas del Lyceum Club ofrecía varias ventajas con vista a su posibilidad de éxito. Aparte de que pudiera contribuir a ahuyentar el prejuicio mencionado (extremo este en que las esperanzas de María de Maeztu se vieron defraudadas), cabía esperar mayor capacidad de respuesta –que se produjo inmediatamente– por parte de quienes estaban más necesitadas que las solteras de recreo y autoafirmación. Pero había además otras razones de tipo económico que no pudieron escapar a la consideración de una persona tan inteligente y práctica como María de Maeztu.

Algunos nombres de las primeras liceómanas, entre las que se cuentan Carmen Monné de Baroja, María Martos de Baeza, Zenobia Camprubí de Jiménez, María Lejárraga de Martínez Sierra, María Goyri de Menéndez Pidal o Pura Maortua de Ucelay, nos revelan que María de Maeztu había tenido buen tino y cuidado a la hora de elegir sus socias entre mujeres de profesionales respetables y prestigiosos, es decir, gente con dinero o con influencia y desde luego bien relacionada socialmente. La habitual zumba de los madrileños no tardó en bautizar al Lyceum como «el club de las maridas».

La primera sede del Lyceum Club estaba en la calle de Infantas esquina a Colmenares, exactamente en el mismo edificio donde se ha instalado actualmente el Ministerio de Cultura. Se trataba de un viejo edificio del XVII medio derruido, al que siempre se ha conocido por el nombre de la Casa de las Siete Chimeneas. Dado el grado de deterioro en que se encontraba, hubo que hacer muchas reformas, pero presentaba la ventaja de alquilarse a un precio asequible. Aquel grupo de señoras, deseosas de poner a rentar su espíritu práctico y su capacidad de iniciativa en asuntos menos tediosos que los domésticos, desplegaron tal eficacia y actividad que en poco tiempo dejaron el club monísimo y muy acogedor. Las principales ideas para la decoración del local partieron de la mujer del abogado Enrique Ucelay, muy amigo, por cierto, de Eusebio Gorbea [12]. Pura Maortua de Ucelay, que también fue amiga de García Lorca e intervino activamente en el grupo teatral «La barraca», contribuyó con su buen gusto a que aquel ambiente tuviera un sello totalmente opuesto al que caracterizaba a la mayoría de los hogares madrileños, gobernados por señoras incondicionales del herraje y el severo mueble de estilo castellano. El Lyceum Club, contrastando con su vetusta fachada, ofrecía unos salones despejados y modernos con cómodos sofás, mesitas de juego, cortinas alegres y lámparas *art-déco.* Imperaban el gris y el verde, colores relajantes para el espíritu.

12. Esta amistad de Gorbea con los Ucelay pudo reforzar la intimidad de Encarna con María Martínez Sierra, ya que el marido de ésta, Gregorio, gozaba también de la confianza de Enrique y Eusebio. De hecho, la importante declaración autógrafa del 14 de abril de 1930, donde Gregorio Martínez Sierra declara «que todas mis obras están escritas en colaboración con mi esposa María de la O Lejárraga y García», está firmada por él y por dos testigos: Enrique Ucelay y Eusebio Gorbea (véase Patricia W. O'Connor: *Gregorio y María Martínez Sierra,* Madrid, La avispa, 1987, p. 55).

Posteriormente, y en vista de que les subieron la renta tras las reformas efectuadas, la sede del Lyceum se trasladó a un local cercano, en la calle de San Marcos 40, donde acabó sus días. En 1939, a raíz de la toma de Madrid, este local fue confiscado por la Falange, y la Sección Femenina lo convirtió en el «club Medina»[13].

En un escrito aparecido en la revista religiosa *Iris de paz,* en julio de 1927, las diatribas contra las liceómanas habían llegado al extremo de considerar aquel centro como una amenaza contra la fe y la familia. El autor, un religioso oculto bajo pseudónimo, arremetía de paso contra los maridos que daban su visto bueno para que un puñado de mujeres «sin virtud ni piedad y con las piernas al aire» estuvieran socavando los cimientos de la cristiandad: «La sociedad –decía– haría muy bien recluyéndolas como locas y criminales, en lugar de permitirles clamar en el club contra las leyes humanas y las divinas. El ambiente moral de la calle y de la familia ganaría mucho con la hospitalización o el confinamiento de esas féminas excéntricas y desequilibradas»[14].

Sin llegar a tanto, «el club de las maridas» fue también puesto en solfa por algunos intelectuales antifeministas. Por ejemplo, don Jacinto Benavente, una vez que le invitaron a dar una conferencia allí, contestó: «A mí no me gusta hablar a tontas y a locas». En cambio, otros escritores del tiempo se prestaron gustosos a colaborar con las actividades del club, como Alberti,

13. En 1950, recién llegada yo a Madrid, estuve varias veces en este local, bien lejos de sospechar la historia que se había cocido entre aquellas paredes. Historia a cuyo olvido contribuyó la destrucción de los ficheros del Lyceum Club a manos de sus nuevas inquilinas.
14. Antonina Rodrigo: *Obras completas,* p. 136.

García Lorca, Ricardo Baeza, Unamuno y Benjamín Jarnés[15].

Ya hemos dicho que esta asociación se había montado sin ayuda oficial ninguna, de tal manera que la labor de recaudar fondos exigía una capacidad para la buena administración de que no estaban exentas la mayoría de aquellas señoras, capaces de inventar lo que hiciera falta para sacar adelante su proyecto. Aparte de organizar cursillos, conciertos, exposiciones, charlas y rifas de cuadros, se supone que las asociadas que gozaran de mayor desahogo económico aportarían una ayuda más sustanciosa, como es lógico.

No era éste el caso de Encarna Gorbea (así la llamaron siempre sus amigas del club), la cual, según parece, por aquellas fechas no andaba muy boyante de dinero y abrigaba la pretensión de encontrar un trabajo. Esta actitud se consideraba «moderna», en oposición a la que daba por hecho que el hombre, al casarse, compraba la libertad de la mujer al precio de asumir el deber de alimentarla. Una liceómana ilustre había escrito pocos años antes en un libro que despertó gran polémica:

> Es tan fuerte el prejuicio que condena el trabajo femenino, que la mujer, que no se recató de buscar un comprador «legítimo» a quien venderse, se recata como de una vergüenza, como de una caída irremisible, de sus esfuerzos por bastarse a sí misma[16].

En otro pasaje, las diatribas contra la reclusión casera de la mujer se intensifican al comparar la autora esta si-

15. Antonina Rodrigo: *Obras completas,* p. 135.
16. Margarita Nelken: *La condición social de la mujer en España,* Barcelona, Minerva, 1921, p. 32.

tuación con «las grandes facilidades de que dispone en los Estados Unidos la mujer burguesa y artesana», ensalzando las ventajas de la naciente industria electrodoméstica, con vistas a

> ... impedir que... vea su vida ahogada por las ínfimas tareas domésticas, que embrutecen a la mujer exclusivamente dedicada a ellas, agrian su carácter y la hacen, por fin, impropia para cualquier tarea del espíritu[17].

Los afanes vanguardistas latentes en nuestra futura Elena Fortún, que no podía por menos de haber leído el libro de Margarita Nelken, se identificaban con lo expuesto en los dos párrafos citados. En su caso, no parece que quisiera encontrar un trabajo para aportar una ayuda a los gastos del hogar, sino para irse de él[18]. Y no deja de ser gracioso y un tanto novelesco para el perfil «años veinte» de este personaje que la primera iniciativa de emancipación que se le ocurriera (vinculada, a pesar de todo, con la «ciencia del hogar») fuera la de solicitar un puesto de representante del Electrolux, una de las primeras marcas de aspiradoras que intentaron desterrar de los hogares españoles el plumerón y el paño del polvo.

Menos mal que no llegó a poner en práctica su intento, porque a la primera amiga con quien lo consultó le pareció totalmente descabellado y se lo quitó de la cabeza, insuflándole en sustitución otros proyectos más ambicio-

17. Margarita Nelken: *Obras completas,* pp. 238-39.
18. Las temporadas en que no vivió con Gorbea no las he podido documentar; pero, en todo caso, fueron separaciones no definitivas. Desde luego, toda la época del exilio la pasaron juntos, y ella añoraba desgarradoramente desde Buenos Aires el chalet de Chamartín donde habían dejado todas sus cosas.

sos y divertidos. Esta amiga era María Martínez Sierra, verdadera mentora espiritual de Elena Fortún, su Virgilio en el camino de las Letras[19].

María de la O Lejárraga (San Millán de la Cogolla, 1874, Buenos Aires, 1974), que llegaría a ser una activa militante socialista, ejerció de maestra nacional hasta 1907. En 1900 se había casado con Gregorio Martínez Sierra, seis años menor que ella y procedente de una familia burguesa tradicional. Era un chico tímido y desmedrado, amigo de los hermanos de María, al que ésta conoció en un baile veraniego de Carabanchel. Ella, que ya era profesora de francés, inglés e italiano, estimuló sus nacientes proyectos literarios y ejerció sobre él una influencia decisiva, nunca exenta de cierto afán maternal de protección. Inmediatamente empezó la colaboración entre ambos, y en la época de apertura del Lyceum Club, Gregorio Martínez Sierra era ya uno de los autores teatrales más representados en Madrid y Barcelona. Aparte de eso, había publicado varias novelas y libros sobre el feminismo (algunos de los cuales ya he mencionado), pero era un secreto a voces que todos los trabajos firmados por Gregorio llevaban el sello inconfundible de María[20].

19. Ahora que lo pienso, creo que en mi casa de Salamanca debieron entrar aproximadamente al mismo tiempo el Electrolux y los cuentos de Celia, tan emblemáticos unos y otros de los tiempos que corrían.

20. Actualmente, tras las investigaciones de Patricia W. O'Connor y Alda Blanco, queda documentalmente demostrado que no se trataba simplemente de una colaboración, sino de un hecho más rotundo: los teatros españoles representaban de continuo -y por primera vez en la historia- obras escritas por una autora contemporánea. Y también era de mujer la voz que clamaba por la emancipación de las amas de casa. Pero la propia María era consciente de que aquellas prédicas tendrían más eficacia si se recibían como surgidas de pluma masculina, y por esta razón fue ella mis-

Aunque Gregorio había conocido a la actriz Catalina Bárcena en 1906 –y había mantenido con ella desde entonces una intensa relación sentimental–, no se separó de su mujer hasta 1922, fecha en que nació la única hija que Catalina tuvo con su amante. Por las fechas en que María participó en las tareas del Lyceum e intimó con Encarna Gorbea hacía poco que su marido había abandonado el hogar conyugal para irse a vivir con la Bárcena a un chalet rosa por los Altos del Hipódromo, donde más de una vez recibieron a los reporteros gráficos. Aunque continuara viendo a su mujer asiduamente (de hecho el tema del triángulo amoroso está presente en varias piezas teatrales firmadas por él en esa época), y ella supiera que le resultaba imprescindible –entre otras cosas, porque le seguía escribiendo las obras–, es lógico que sintiera el trallazo que a una mujer infecunda le inflige su marido cuando tiene hijos con otra. Por mucho que la dignidad y discreción de que siempre dio muestras la comprometieran a no soltar prendas de sus íntimos sentimientos, cualquiera que lea lo que escribió se dará cuenta de que los tenía. Todas sus ficciones –especialmente la famosa «Canción de cuna»– están empapadas de un instinto maternal que se empeñaba en negar, pero al que daba desahogo por vía de la literatura, cuando no lo amordazaba entregándose al activismo político[21]. A partir de 1914, había empezado a participar en el Movimiento

ma quien contribuyó siempre a silenciar una autoría que hoy está fuera de toda duda.

21. A este respecto es muy revelador el diálogo entre la Propagandista y su Conciencia, que disputan sus contrarios puntos de vista, a modo de personajes de auto sacramental, en una autobiografía tardía de la autora, donde se pueden leer entre líneas muchas cosas interesantes, como ha desvelado Alda Blanco en el excelente estudio preliminar a «Una mujer por caminos de España», *Obras completas.*

Feminista Español, y más tarde a interesarse por el socialismo, llegando a ser elegida diputada por Granada en los primeros años de la República.

Éste es, a grandes rasgos, el perfil de la recia y contradictoria burgalesa que había de tomar bajo su amparo a Encarna Gorbea y a cambiar el rumbo de su destino.

Las personas que trataron a Encarna en ese tiempo dicen que era muy simpática y ocurrente, y que salpicaba su conversación de giros coloquiales que daban a su habla una frescura y espontaneidad totalmente alejadas de la pedantería. Su encanto personal llegaba a veces a producir fascinación [22]. Cuando entró a formar parte del «club de las maridas» andaba rondando la cuarentena, y en María Martínez Sierra, doce años mayor, debió despertar ciertas ansias de Pigmalión, a las que la Gorbea se plegó de buen grado. Para María –feminista convencida, aunque no se atreviera a firmar sus escritos sobre el tema– debió suponer una compensación muy gratificante moldear en vivo a un alma sedienta de emancipación. Puso, pues, toda su elocuencia y generosidad en la tarea de animar a su amiga para que se encaminara por la senda de las letras y, en vez de meterse por otra tan pegada a lo doméstico como vender electrodo-

22. Laura Andresco, que fue muy amiga de la grafóloga y escritora infantil Matilde Ras, me ha contado que, para ésta, Elena Fortún era casi una divinidad, la amiga que más había influido en su vida, y que hablaba siempre de ella como de un ser mítico. Laura Andresco, que no llegó a conocer a Elena Fortún, sostiene, sin embargo, que Matilde Ras le cedió muchas ideas y apuntes, fruto de sus observaciones sobre el comportamiento infantil, y que colaboró generosa y desinteresadamente con la autora de *Celia* en la redacción de algún capítulo de la serie.

mésticos, trasladara al papel todas aquellas cosas tan divertidas que les contaba a sus amigas en el club. Entre estas amigas estaban María Baeza, Victoria Durán, Matilde Calvo Rodero, Adelina Gurrea, Pura Ucelay, Margarita Nelken, su hermana Carmen Eva (conocida por Magda Donato), Matilde Ras y Viera Sparza. Algunas de estas mujeres, como Matilde Ras y Magda Donato, cultivaron un género que, a partir de la renovación educativa del Instituto Escuela, había tomado un auge de vuelos menos tediosos y «ejemplares» que los del perfecto niño Juanito: me refiero a la literatura infantil, que empezaba a tomar en cuenta el punto de vista de los niños, en vez de considerarlos objeto de sermoneo y de continuas prohibiciones.

María Martínez Sierra no paró hasta convencer a Encarna de que se iniciara en este género para el que tenía dotes sobradas. Congeniaron porque tanto una como otra conservaban la más pura rebeldía infantil, que heredó Celia. El rechazo, evidente en ambas, hacia algunas materias «domésticas» impuestas en la educación de una niña, como las labores de costura, debía estar arraigado en experiencias aborrecidas de la infancia. Los peores momentos que pasa *Celia en el colegio* están presididos por este odio a la aguja, que María Martínez Sierra expresa así en un texto suyo, donde moteja a la costura de «invención infernal»:

La aguja se rebela, negándose a seguir la dirección marcada, y en vez de pinchar la tela, pincha los dedos; manchas de sangre deshonran la labor, el hilo se encarruja y forma nudos inexorables, el dedal se cae y después de rodar por el suelo va a esconderse detrás del más inamovible de los muebles, las puntadas resultan desiguales, torcidas, la pestaña del dobladillo se escapa del hilván, el reborde se sale de madre... Horas perdidas, instantes malgastados, tiempo gris que no vale la pena de ser vivido [23].

No era solamente esta rebelión contra las prédicas maternales y monjiles en materia de costura la que constituyó la red de afinidades que unieron a María y Encarna. También pensaban las dos, y lo escribieron, que los mayores, deseosos de quitarse a los niños de encima, los mandan a la cama en cuanto pueden, alegando que están «muertos de sueño». Celia se indigna contra la ordenancista Miss Nelly, saliendo por los fueros de su propio sueño, en el que su preceptora no tiene por qué mandar. Y María Martínez Sierra dice:

> Siempre que el alma o el entendimiento se abisman en una visión inefable o en una indevanable maraña de misterio, siempre que el espíritu inmoviliza al cuerpo por estar demasiado absorto en su propio afán, hay una persona mayor que dice presuntuosamente: «Este chiquillo se está durmiendo» [24].

Pero en ninguno de los textos donde la vieja María, ya exiliada, recuerda su infancia se revela tanto su complicidad con Elena Fortún como a través de una anécdota que seguramente había sacado a relucir más de una vez en conversaciones privadas. Cuenta cómo para ella su madre era la personificación de la omnipotencia y la seguridad. Hasta que una mañana, cuando María tenía ocho años, al intentar cruzar la Puerta del Sol, cogidas ambas de la mano, notó que el ídolo perdía su aureola de poder supremo.

23. María Martínez Sierra: «Una mujer por caminos de España», *Obras completas*, pp. 282-3.
24. «Una mujer por caminos de España», *Obras completas*, p. 266.

Con la seguridad de siempre, entregada a la protección infalible, cruzó desde la acera sur de la plaza hasta la fuente. Coches, carros, caballos, peatones no existían para ella. ¿Qué sucedió en el paso a la acera norte? No lo ha sabido nunca. Tal vez existiera un verdadero peligro que ella no advirtió, pero acaso la madre se dio cuenta de él y sintió miedo. Ello es que un estremecimiento singular corrió por todo el cuerpo de la chiquilla y por primera vez se formuló en su mente la idea: «aunque mi madre me lleve de la mano, puede atropellarme un coche»[25].

Cualquier lector de *Celia, lo que dice* vinculará de inmediato este recuerdo infantil de María Martínez Sierra con el contenido de uno de los capítulos más poéticos de *Celia, lo que dice*: «¡Mamá es un hada!». Interesa destacar este paralelismo no sólo para acreditar el intercambio de confidencias entre María y Encarna en la etapa del Lyceum (ya que el recuerdo citado pasa, transformándose, de la memoria de una al texto de la otra), sino también la tendencia de Elena Fortún –oyente empedernida de historias ajenas– a aprovechar muchas veces las anécdotas que le contaban para trasladarlas a su ficción. Según parece, les pedía a sus amigas más jóvenes o ya con nietos (privilegio que ella nunca alcanzó a tener) que le contaran cosas divertidas de sus niños para incorporarlas a la saga de los Gálvez.

Porque hay que decir que todo pasto era poco para alimentar y ver crecer a sus personajes de ficción. Y en cuanto inventó a Celia, ésta se le salió del papel y ya no la dejaba parar. Toda su imaginación y sus dotes de observadora, todas sus ansias aletargadas de fantasía se quedaban cortas para satisfacer las exigencias de aquella niña insaciable.

25. María Martínez Sierra: «Una mujer por caminos de España», *Obras completas*, p. 275.

No conozco la fecha exacta en que María Martínez Sierra, después de convencer a Encarna Gorbea para que iniciara alguna colaboración periodística, le presentó a don Torcuato Luca de Tena. Lo cierto es que ya a principios del año 28 éste le había abierto a la futura escritora las páginas de *Gente menuda,* suplemento infantil de la revista *Blanco y Negro* que él dirigía [26]. El 24 de junio de 1928, aparecía impreso por primera vez el nombre de Celia en un cuentecito breve firmado por *Luisa* que se titulaba «Celia dice a su madre», y escrito totalmente en forma de diálogo. En esta colaboración, ilustrada por Regidor, está el embrión del capítulo «Promesas sin cumplir» al que hicimos alusión antes. Celia había abierto una rendija para asomarse al mundo y otra para colarse en la casa de todos los niños españoles. La mecha estaba encendida.

En sus primeras colaboraciones en *Gente menuda,* Encarna Gorbea alternó los pseudónimos de Luisa, Doña Quimera y Elena Fortún para expresar sus opiniones, siempre libremente hilvanadas, sobre cuadros del Museo del Prado e inventos de la vida moderna. En otros casos, novelaba historias de animales con arreglo al esquema tradicional de la fábula. Desde el principio, y dado que aquellos textos iban dedicados a un público infantil, trató, más que de adoptar el tono engolado de los educadores tradicionales, de combatirlo con otro diametralmente opuesto. Repasando estos primeros esbozos literarios de la creadora de «Celia», notamos que siempre está rom-

26. En esos años colaboraban en *Blanco y Negro* Manuel Abril y Antoniorrobles, este último también muy leído por los niños de mi tiempo (véase «Mi encuentro con Antoniorrobles», *La búsqueda de interlocutor,* Barcelona, Destino, 1982, p. 181).

piendo una lanza a favor de la lógica de los niños y ridiculizando a quienes, a base de argumentos de autoridad, levantan un muro espeso y sin ventanas para que se cuele la mirada poética del ojo infantil. En una de sus primeras colaboraciones, firmada por Doña Quimera, «Los milagros de la vida corriente», ya dice cosas que posteriormente pondrá en boca de Celia. Al entonar un canto de gratitud a las sorpresas continuas que depara la vida, desliza la teoría –totalmente «celiesca»– de que las personas mayores se aburren porque nada les interesa, porque se les ha cegado la capacidad de asombro:

> Ahora tenemos tantas cosas que no sabemos qué hacer con ellas. Como aquella princesita del cuento, que tenía en el palacio de su padre los juguetes más maravillosos del mundo, hasta que un día se enteró de que con ninguno jugaba tan a gusto como con un poco de barro del jardín.

Desde el 6 de enero de 1929 en que aparece la colaboración «Celia sueña en la noche de Reyes» el personaje de Celia será ya una presencia constante en las páginas de *Gente menuda.* El 20 de enero, estas entregas se convertirán en una sección fija bajo el título general de «Celia dice». Esta serie, ilustrada por Regidor, alcanzó tal éxito, no sólo entre los niños sino también entre las personas mayores, que en seguida la Editorial Aguilar decidió contratar los libros de Celia. Así surgieron, a partir de 1930, *Celia, lo que dice, Celia en el colegio* y *Celia, novelista,* a medida que la escritora iba dando anticipos de las aventuras de esta niña en *Gente menuda.* Luego la serie continuaría con el progresivo crecimiento de Celia, sus temporadas con el tío Rodrigo *(Celia en el mundo),* y en fin, todos los cuentos que hoy se reeditan y que el lector tiene entre las manos.

Gracias a María Martínez Sierra, los niños españoles de todos los tiempos pueden solazarse con la jugosa imaginación y la prosa transparente surgida del ingenio de aquella Encarna Gorbea, perteneciente al «club de las maridas», que estuvo a punto de quedarse en ama de casa y vendedora del Electrolux.

* * *

Con *Celia madrecita* (1939), la primera de las obras de Elena Fortún escrita expresamente para ser editada en libro, nos despedimos por mucho tiempo de Celia y su autora. Desde un punto de vista novelesco, su estructura es la más lograda. Celia empieza a convertirse en adolescente y un trágico revés la obliga a aterrizar en un mundo de inquietantes realidades que dispersa los pájaros de una fantasía siempre dispuesta a levantar el vuelo. Su madre acaba de morir y ella se verá obligada a abandonar sus estudios y a trasladarse a Segovia, a casa del abuelo materno, para cuidar de dos hermanitas pequeñas (Teresina y María Fuencisla) que han sucedido a Cuchifritín. Celia dice, al conocer el sesgo de su destino: «Lloré sobre mis catorce años, mis tres cursos de bachillerato y los pájaros de mi cabeza, que aleteaban moribundos». Este presagio de adiós a una infancia rebelde, curiosa y prometedora, se complementa con las palabras finales del relato, en vísperas de la Guerra Civil. Al enterarse de que al día siguiente es 18 de julio, Celia comenta: «El corazón se me encogió no sé por qué».

De sobra sabía por qué la autora de tan significativo comentario, ya que lo escribió más tarde, cuando aquel 18 de julio había traído una cola bien sangrienta. Las tropas de Franco se acercaban a Madrid y el matrimonio Gorbea empezaba a pensar en lo peligrosa que podía resultar su permanencia en España, a causa del rango militar alcanzado por el marido en el ejército republicano.

En efecto, tuvieron que salir de su casa de Chamartín, ligeros de equipaje, hacia un exilio del que imaginaron –como tantos conocidos suyos– que volverían en seguida. Las vicisitudes de este exilio rebasan el propósito de mi trabajo, ya dilatado de por sí[27].

Baste con decir que, tras una estancia en París, donde los suegros de su hijo los ayudaron mucho económicamente, se trasladaron a Buenos Aires y allí vivieron durante una década. En este tiempo, tanto el marido como la mujer sobrevivieron a base de colaboraciones periodísticas. Elena Fortún siguió escribiendo, pero sin el acicate que suponía para ella la expectativa de sus lectores españoles. *Celia en la revolución,* manuscrito cuyo borrador terminó en 1943, aunque nunca tuviera ocasión de revisarlo, es un testimonio espeluznante de los horrores de la guerra, a través del cual la escritora plasma sus propias vivencias. En este texto, publicado recientemente[28], aquella visión poética de Celia, que distorsionaba y ponía en cuestión la realidad, se ha convertido en amargo y crudo realismo. La guerra, protagonista omnipresente del libro,

27. Véase Inés Field: «Elena Fortún en Buenos Aires», *Elena Fortún,* Publicaciones de la Asociación Española de Amigos del IBBY, p. 21. En la actualidad, la profesora de la Universidad de Cádiz Marisol Dorao está preparando una amplia biografía sobre Elena Fortún, para la que ya ha reunido muchos datos. Le agradezco algunas referencias que me han sido muy valiosas para fechar esta historia.
28. Editorial Aguilar, 1987. El manuscrito fue entregado por la nuera de Elena Fortún a la investigadora Marisol Dorao, ya citada, gracias a lo cual ha podido ver la luz.

no provoca más reacciones que las marcadas estrictamente por la necesidad. Reflejo, sin duda, de su propia circunstancia, este testimonio de Elena Fortún –aunque inapreciable y de gran belleza literaria– poco tiene ya que ver con la saga infantil de los Gálvez. Tal vez la autora, al hilo de su propia odisea, necesitaba sacrificar a Celia para sobrevivir ella como testigo implacable del derrumbamiento de sus más preciados ideales.

A finales de 1948, Encarna Gorbea decidió volver a España, para reanudar contactos con la editorial Aguilar y enterarse de lo que había pasado con su casa de Chamartín. Su marido, que llevaba años aquejado de una depresión profundísima, aprovechó este viaje de ella a España para abrir la llave del gas y suicidarse el 17 de diciembre de 1948. La noticia le llegó a Elena Fortún a Madrid cuando se alojaba en casa de la familia Baeza Martos.

A partir de entonces, los ánimos y la salud de la escritora se resintieron fatalmente, y tras diferentes desplazamientos, que dan fe de su desilusión, incertidumbre y falta de estímulo, murió en Madrid el 8 de mayo de 1952.

Unos cuantos amigos de la autora, entre los que destacan María Baeza y Matilde Ras, abrieron una suscripción popular para costear un modesto monumento en su memoria, cuya inauguración tuvo lugar en el Parque del Oeste de Madrid el 15 de julio de 1957. Hay poca gente que se fije en él ni conozca siquiera su existencia, pero al fin y al cabo ése es el destino de todas las estatuas. El rostro de la autora, esculpido en un bloque de piedra, se ve flanqueado por las figuras de un niño y una niña que la miran: son Cuchifritín y Celia, mis inolvidables amigos de la infancia.

* * *

Ya en la presentación que se hace de Celia Gálvez en el primer libro, *Celia, lo que dice,* a través del cual la conocí, se establece su identidad y se exalta el triunfo de la razón sobre el imperio mediocre del tópico. Fue un párrafo que me aprendí como una jaculatoria y mediante el cual nos hicimos amigas. Porque, cuando lo leí en mi casa de Salamanca, yo era de su edad:

Celia ha cumplido siete años. La edad de la razón. Así lo dicen las personas mayores[...] Es seria, formal y reflexiva, razonadora... Porque, ¿de qué serviría haber alcanzado la edad de la razón si no sirviera para razonar?

Así, pensando y pensando, ha entendido que, siendo los mayores tan grandes y tan ásperos, tan diferentes en todo a los niños, no pueden comprender nada de lo que los niños piensan o hacen.

¡Pero vaya usted a quitarle de la cabeza a una persona mayor que es ella la que debe mangonear![...]

Algunas veces está triste (¡le dan tantos disgustos!), y tiene tanta pena que, aunque haya llorado mucho, los sollozos la ahogan todo el día. Entonces, los mayores dicen: «¡Dios quiera que no tengas que llorar por algo más grande!» Y en seguida: «¡Feliz edad!... ¡Qué dichosos son los niños!».

¡Dichosos! Ellos sí que lo son, que se van a la calle cuando quieren, se acuestan cuando les parece bien, comen lo que les gusta y rompen lo que se les cae, sin que nadie acuda a darles azotes.

¡Y qué tono se dan! «Cuando las personas mayores hablan, los niños no rechistan.» «A los mayores no se les contradice nunca.» En la mesa: «A comer y a callar».

No sé adónde llegarían las cosas si hubiera que callarse siempre.

Celia conservó muchos años, y yo con ella, su fe en la razón, es decir, en la levadura de la palabra llana y sensata, capaz de desarticular las frases hechas con que nos amurallan las personas cuya capacidad de sorpresa y controversia se va anquilosando a medida que envejecen. Y cuando todo en torno le fallaba, recurría a los sueños, a la literatura. Ésa fue otra de las complicidades que mi amiga del alma me propuso, hasta el punto de que me atrevo a decir que fueron sus brillantes y atrevidas sugerencias las que me indicaron un camino para iniciar el cual no hacía falta ni compañía ni más equipaje que el de un cuadernito rayado: el camino de la literatura.

En el libro *Celia, novelista,* sus padres se han ido de viaje con Cuchifritín, aún bebé, y la han dejado sola en el colegio de monjas. El padre, al despedirse, le ha regalado un libro precioso con unas hojas blancas y las tapas de piel, y le ha dicho: «Para que escribas en él tus fantasías». Era verano, las otras niñas se habían ido a sus casas y ella se iba a quedar sola por tres meses. Al principio no se acostumbra a la soledad, juega a ser Caperucita y Ana, la cuñada de Barba Azul, que se sube a una almena del castillo para ver si llegan los guerreros que han de salvar de la muerte a su hermana. Pero pronto se da cuenta de que estas fantasías inventadas por otros ni le resultan tan creíbles ni la alimentan, y que sería ocioso copiarlas en su cuaderno con las tapas de piel. Eso sería un ejercicio de redacción, y ella quiere convertirse en protagonista. Y reflexiona así sobre esta revolucionaria transformación que permite su acceso al reino de la literatura:

No, no. Ésos son cuentos que están escritos en muchos libros. Yo tenía que inventarlo todo, todo, y contarlo como si fuera verdad y estuviera pasando. Sería la historia de una niña que se llamaría

Celia como yo y andaría sola por el mundo. ¿Una niña como yo? No, no. Yo misma. Yo, que me iba por el mundo ahora que mis papás me habían dejado sola. Y andando, andando, me encontraba con un hada y luego un enano, y nos íbamos a un país donde pasan todos los cuentos, y llegábamos a una isla desierta... Había que pensarlo mucho antes de empezar. Y algunas tardes jugaba a ser una niña de novela, y a estar en la isla desierta, y a que una lancha venía a buscarnos.

Si alguna duda hubiera podido abrigar el lector infantil sobre la identidad real de Celia Gálvez, al llegar a este punto se le disipaba por completo. No era una niña de novela por la razón irrebatible de que confesaba estar jugando a ser una niña de novela. Mayor garantía de su existencia no se podía encontrar, como tampoco una estrategia más eficaz para que naciera en mí, la amiga a quien estaba haciendo tales confidencias, el afán de emularla. Yo también había decidido ponerme a escribir, pero me hacían falta el aliento y el ejemplo de una niña de mi edad, mucho más fuertes, y sobre todo mucho más útiles, que el consejo de un profesor.

Aunque, desde un punto de vista literario, no sea el libro *Celia, novelista,* el más interesante de la serie, el párrafo transcrito encierra una frase que sigue siendo la clave de todo empeño literario, ya se emprenda en la infancia, en la juventud o en la edad madura: «Había que pensarlo mucho antes de empezar», es decir, una labor de tiento, reflexión y paciencia. Ella me lo enseñó, predicando además con el ejemplo. Porque en ese tiempo que media entre la decisión más o menos atropellada de escribir y el momento de poner de verdad la pluma sobre el cuaderno de tapas de piel que da cierto encogimiento estrenar, Celia juega a ser una niña de novela, es decir, dramatiza lo que luego escribirá, como en un ensayo para creérselo. ¿Cabe mayor sabiduría, un ejercicio más lúcido de la razón aconsejada por la experiencia?

Una de las modalidades estilísticas de Elena Fortún, y que la vincula con el código de los surrealistas, estriba en aplicar la lógica infantil para desmontar las frases hechas. Ya en los textos precursores de Celia en *Gente menuda* asoma esta tendencia. Por ejemplo en un diálogo entre dos niños (Pepín y Toto) publicado el 3 de junio de 1928, discuten así la frase, para ellos absurda, de «petición de mano»:

–P. (defraudado) ¿Y qué va a hacer don Juan con la mano de María Luz?... ¿Le cortarán la mano?

–T. No le dolerá, le darán cloroformo y luego le saldrá otra.

–P. Mentira.

–T. ¿No me han salido a mí los dientes que se me cayeron?

–P. Pero los dientes no tienen carne.

Este estilo, que preludia el de la futura revista *La Codorniz,* alterna a veces con una explicación mágica de la realidad, que alcanzará sus cotas más altas en las interpretaciones que doña Benita brinda a Celia de los fenómenos naturales y sobrenaturales. Por ejemplo en el artículo «Por qué arde el carbón», del 9 de diciembre del mismo año, se puede leer:

Debajo de la tierra, muy en lo hondo, estaban convertidos en piedra negra los árboles inmensos que bebieron la luz brillante de los primeros días del mundo. Y los hombres los han desenterrado para que Juana los eche en la hornilla y se cueza la comida con el mismo fuego del sol que alumbró a Adán.

Esta mezcla de lo fantástico con lo cotidiano proporcionará un punto de vista muy peculiar. En efecto, se contrapone la árida lógica de personajes como la tía Julia o Miss Nelly, a la visión del mundo entre chiflada, sabia e ingenua de algunos viejos como la inmortal doña Benita, antigua tata andaluza que ya había cuidado en su infancia a la madre de Celia, y que proporcionará a ésta una referencia de apoyo para incrementar sus fantasías.

Por otra parte, el entramado totalmente costumbrista desde el cual surge el rechazo a lo establecido, nos permite atisbar las modas, novedades y deslumbramientos que se producían en los albores de la República y, posteriormente, una vez establecida ésta.

Desde el punto de vista de la lectura y comprensión actual del texto, hay ocasiones en que no le vendrían mal (como en el caso del Lyceum antes reseñado) algunas notas a pie de página, extendidas quizá a ciertos giros coloquiales hoy totalmente en desuso. Además hay que tener en cuenta que su publicación anterior por entregas, con la urgencia que esto acarreaba, puede hacer que el conjunto a veces adolezca no tanto de descuido estilístico como de incoherencias argumentales relativas a los parentescos, a la profesión del padre de Celia, a la ideología de su abuelo y sus tíos, o al hecho de que doña Benita vuelva a aparecer siempre que la autora necesita echar mano de ella, sin justificar quién o cómo la avisó, a la edad de Cuchifritín, etcétera.

Pero junto a estos pequeños fallos, comunes a muchos creadores de protagonistas que reaparecen una y otra vez, se acusa el vigoroso pulso de una novelista capaz de captar los contrastes de un mundo como el de la burguesía ilustrada madrileña de comienzo de los años treinta, donde junto a las innovaciones de lo «moderno» opuesto a lo tradicional, empezaban a insinuarse las reivindicaciones de la clase obrera predicadas por el naciente socialismo. (No conviene olvidar que muchas de las liceómanas comulgaban con el credo socialista.) Así a nadie le puede extrañar que en los cuentos que a continuación se ofrecen haya dos bandos claramente diferenciados: el de los ricos y el de los pobres. Junto a este bloque de personajes más o menos arquetípicos, aparecerá otro donde las diferenciaciones –sobre todo para la percepción de un niño– resultan más sutiles y confusas: me refiero al que enfrenta los comportamientos e ideas modernos (como los del tío Rodrigo, Paulette y su hermana Lisson, el propio padre de Celia o alguna monja más avanzada, como sor Isolina) frente a casi todas las monjas del colegio, la tía Julia, doña Merlucines y las múltiples visitas convencionales que aparecen por el texto. Celia, arrebatada por el afán quijotesco que le insuflan sus lecturas, se pondrá siempre de parte de los desheredados de la fortuna, y con gran escándalo por parte de muchos «mayores», preferirá la amistad de Solita, Lamparón y Pronobis, la Pelegrina o la pobre señora Cándida, a otras impuestas por su familia. Y no tendrá, incluso, ningún empacho en tomar la decisión de ponerse a servir, cuando se entera de que sus padres han tenido demasiados gastos en el veraneo, para echar una mano a la economía familiar. (Decisión muy moderna, dicho sea de paso, y que enlaza con las prédicas feministas de la época.)

La eficacia de Elena Fortún, así como su pervivencia, consiste en la viveza y realismo de unos diálogos que, al ser puestos en boca de niños, facilitan una crítica social encubierta tras la ingenuidad y la ironía. Me atrevo a decir que en este caso un niño es un parapeto, como lo fue el nombre masculino de Gregorio Martínez Sierra para que colaran sin escándalo las ideas revolucionarias de su mujer. A despecho de la declaración de la autora de que lo suyo era «como pintar abanicos», aquel retrato de una familia de la clase media alta madrileña, sus relaciones con las criadas, los porteros, las costureras y demás elementos de una clase social inferior no tenía por exclusivo destinatario a un público infantil, y eso explica en gran parte la clave de su éxito.

El secreto de su favorable acogida estriba tanto en el fondo como en la forma. Elena Fortún ha delegado en el ojo infantil, mezcla de ingenuidad, sinceridad y osadía, para que registre los detalles de una sociedad donde empezaban a fraguar dos ideologías encontradas y fermentaban una serie de novedades y contradicciones inherentes a la modernidad. Dotada de una capacidad de observación excepcional para captar el ritmo de lo cotidiano, nunca deja de añadir unas gotas de humor y poesía a una prosa al mismo tiempo transparente y profunda, pero sobre todo amenísima. Quien quiera entender cómo eran los usos y costumbres de la burguesía en los años anteriores a la Guerra Civil, tendrá que acudir como testimonio de primera mano a las aventuras de esta niña rebelde, que siempre prefirió el trato con los niños de la calle al de las monjas o las compañeras del colegio, que habrían de convertirse con los años en las señoritas bienpensantes de *Entre visillos.*

De hecho, un estudio riguroso de la obra de Elena Fortún, a quien todos los escritores de los años cincuenta habíamos saboreado en la infancia [29], explicaría cuáles fueron los principios del llamado «realismo social» de la novela del medio siglo.

CARMEN MARTÍN GAITE

29. Juan García Hortelano, por ejemplo, se declara lector apasionado de Celia y Cuchifritín (véase R. María Pereda: *El gran momento de Juan García Hortelano*, Madrid, Alfaguara, 1984.)

A mi ahijadita Isabela

Celia ha cumplido siete años. La edad de la razón. Así lo dicen las personas mayores.

Celia es rubia; tiene el cabello de ese rubio tostado que con los años va oscureciéndose hasta parecer negro. Tiene los ojos claros y la boca grande. Es guapa. Mamá se lo ha dicho a papá en secreto, pero ella lo ha oído.

No se envanece por tal cosa. Es seria, formal y reflexiva, razonadora... Porque, ¿de qué serviría haber alcanzado la edad de la razón si no sirviera para razonar?

Así, pensando y pensando, ha entendido que, siendo los mayores tan grandes y tan ásperos, tan diferentes en todo a los niños, no pueden comprender nada de lo que los niños piensan o hacen.

¡Pero vaya usted a quitarle de la cabeza a una persona mayor que es ella la que debe mangonear!

Que se queda Celilla con los ojos muy abiertos, contemplando los leños que arden en la chimenea, pues dice mamá: «Juana, acueste usted a la niña, que se está durmiendo». Que al coger una porcelana de la vitrina se cae y se rompe, ¡Dios mío, qué escándalo y qué regañina!... Como si ella no lo sintiera más que nadie.

Algunas veces está triste (¡le dan tantos disgustos!), y tiene tanta pena que, aunque haya llorado mucho, los sollozos la ahogan todo el día. Entonces, los mayores dicen: «¡Dios quiera que nunca tengas que llorar por algo más grande!». Y en seguida: «¡Feliz edad!... ¡Qué dichosos son los niños!».

¡Dichosos! Ellos sí que lo son, que se van a la calle cuando quieren, se acuestan cuando les parece bien, comen lo que les gusta y rompen lo que se les cae, sin que nadie acuda a darles azotes.

¡Y qué tono se dan! «Cuando las personas mayores hablan, los niños no rechistan.» «A los mayores no se les contradice nunca.» En la mesa: «A comer y a callar».

No sé adónde llegarían las cosas si hubiera que callarse siempre.

Felizmente, ella tiene siete años. ¡La edad de la razón! ¿Será por haber pasado de esa edad por lo que los mayores no comprenden las cosas más sencillas?

¡Y es inútil explicárselas! Sin embargo, Celia siente la necesidad de decirlo todo, y va a contar todos los menudos incidentes de su vida inquieta, que para los que tengan su edad serán claros y transparentes, y un poco absurdos para las personas mayores, tan intolerantes e injustas casi siempre.

Escuchad.

Noche de Reyes

Me desperté asustada, y oí como si un gato estuviera arañando las maderas del balcón. ¡Los Reyes Magos!

Entraba la luna por las rendijas, y entraba el frío también...

De buena gana me hubiera levantado a ver lo que ocurría, pero ¡me daba un miedo!... Me tapé la cabeza y empecé a rezar.

«Jesusito de mi vida,
tú eres niño como yo...»

De repente, ¡pum!, ¡pum!, ¡pum!, un ruido terrible de cosas que caen sobre el balcón..., y me encuentro en camisa, delante de un señor negro con corona, que está sentado en la barandilla.

–¡Dios te salve, Celia! –me dice.

–Que Dios te salve a ti, Rey Negro, porque si no, te caerás a la calle.

–Yo no me puedo caer, porque no peso.

–¡Qué bien! Entonces podrás volar.

–¡Ya lo creo! Mira.

Y cogiendo las puntas de la capa blanca que llevaba, se marchó volando por la calle arriba.

–¡Eh! ¡Eh! ¡Rey Negro! ¡No te vayas!

–Ya estoy aquí. ¿Qué quieres, Celia?

–Que no te marches sin dejarme los juguetes que te he pedido en mi carta.

–¿No los ves?

¡Qué tonta! Estaba el balcón lleno de cajas, y yo no había visto nada entonces.

–¿Me has traído la cocina?

–Sí, dos cocinas.

–¿Y el borrego?

–Un borrego y una cabra.

–¿Y el *Teddy Bear?*

–También.

–¿Y la vajilla?

–La vajilla, y un reloj, y cazolitas, y libros, y rompecabezas, y una raqueta...

–¡Huy, qué bueno eres! Y ahora que me fijo en ti..., ¡cuánto te pareces al lacayo de tita Julia!

–¡Como que es mi hermano!

–Anda, si lo sé antes le doy a él la carta para que te la llevase, y así me hubieras traído más cosas aún...

–¿Te parecen pocas?

–No, no; no son pocas. Pero te hubiera dicho que no te olvidaras de Solita, la niña del portero.

–No me olvido nunca.

–Pues hijo, el año pasado no le trajiste nada.

–Sí, le traje; pero te quedaste tú con ellos...

–¡Jesús, qué mentiroso!

–¡Niña! ¿Cómo hablas así a un santo?

–¡Ay, Rey Negro! Perdóname; pero no sé cómo decirte que no dices la verdad...

–Sí, digo la verdad. ¿No crees que es demasiado para ti todo lo que te he traído por orden de Dios?

–No sé...

–Sólo dejo juguetes en los balcones de los niños ricos; pero es para que ellos los repartan con los niños pobres. Si tuviera que ir a casa de todos los niños no acabaría en toda la noche...

–Sí, sí, ya comprendo. ¿Entonces debo repartir con Solita lo que me has dejado?

–Eso es. Yo no puedo detenerme más. Está amaneciendo y aún me queda mucho que hacer.

No sé por dónde se fue ni cuándo me metí en la cama, porque me quedé dormida y no desperté hasta que entró la luz del día en mi cuarto.

Me volví a levantar (entonces sí que hacía frío), me abrigué con la colcha y salí al balcón.

–¡Solita, Solita! –grité, porque ya estaba Solita barriendo la puerta–. ¡Mira lo que nos han traído los Reyes!

Desaté todos los paquetes, y con las cuerdas hice una muy larga que llegaba a la calle.

–Espera, que te voy a echar una cabrita –y se la mandé bien atada en la punta de la cuerda...

–Y ahora unos libros... –y se cayeron; pero todos llegaron al suelo.

–Y una caja con una cocina.

¡Cómo bailaba Solita!

Detrás de mí, dijo papá:

–¡Pero qué estás haciendo, niña!

–Repartiendo los juguetes.

–¡Entra dentro, criatura, que hace un frío horroroso! ¡Milagro será que no hayas cogido una pulmonía! ¡A la cama!

¡Qué voces daba!

–¡Pero papá, si me ha mandado el Rey Negro que le dé a Solita juguetes, porque son también para ella!

–Veremos lo que dice tu madre de eso. ¡Abrígate bien!

–Mira, papá, el Rey Negro me lo ha explicado todo...

–¡No digas más tonterías! Todo eso lo has soñado o lo has leído en alguna parte.

–¡Que no, papá, que no! Mira, yo te diré...

–¡Nada, no me digas nada! ¿Qué es lo que le has dado a Solita?

–Una cabra...

–¡Válgame Dios! ¡Un juguete carísimo!... ¿Entras en calor?

–Sí, sí; ya no tengo frío... Verás, papá, yo te contaré...

–¿Te quieres callar? Las niñas no mienten ni creen que es verdad lo que sueñan...

De pronto apareció Juana haciendo aspavientos.

–Señor, aquí está Pedro, el portero, con unos juguetes que dice que...

–Bueno, bueno –interrumpió papá–; dígale usted que son para su hija, que se los dé...

–¡Ay, papá, qué bueno eres! ¡Ya lo sabía yo!

–Lo que no sabes es la que nos va a armar tu madre en cuanto aparezca.

¡Y ya se oían los pasos de mamá!...

El día de San Antón

El jueves fue el santo de *Pirracas*.

¡Muchas felicidades!

La gata se restregó contra mí maullando, y yo decidí celebrar su fiesta.

–Miss, ¿la llevamos a la calle de Hortaleza?

–No diga tonterías.

–Mamá, ¿me dejas llevar de paseo a la gata?

–¡Jesús qué criatura! ¿Serías capaz?...

–¡Anda, ya lo creo!

Y salimos a pasear. Yo llevaba a *Pirracas* debajo de la capa. Ella se estaba quietecita; pero como se aburría empezó a maullar para decírmelo.

–Celia, ¿qué es eso que suena?

–¡Nada!

–Sí, sí, suena un gato.

–¡Bueno, pues que *suene!*

–Y está debajo de su capa...

–¡Claro! ¡Voy a tener yo un gato en el cuerpo!

Pero como la miss es testaruda como la pata de un mulo (lo dice Juana), y le gusta meter las narices en todo,

quiso ver lo que *sonaba.* Yo me defendí; la gata saltó al suelo y ¡se escapó!

Pirracas era de la abuelita, que la quería más que a las niñas de sus ojos. (Eso también lo dice Juana.)

Y como la abuelita se ha muerto, ahora es mamá la que quiere a la gata más que a esas niñas.

Yo vine a casa llorando, y mamá, al saber lo que había pasado, lloró también. La miss aseguró que yo tengo el demonio en el cuerpo...

Entonces papá mandó poner un anuncio en el periódico ofreciendo un regalo al que encontrara a *Pirracas,* y desde el día siguiente han traído más de mil gatos.

En casa han quedado cinco, porque nadie sabe cuál de ellos es nuestra gatita.

–Vea usted el problema en que ha puesto a sus padres.

Para miss Nelly todos son problemas.

–Pues no, señora, no es problema. Los cinco gatos son *Pirracas.*

–Eso no puede ser.
–Pero es.
–No puede haber más que uno que lo sea.
–Diga usted, miss, ¿quién era San Antón?
–Un Santo.
–¿Y hacía milagros?
–Como todos los Santos.
–Pues si era un Santo y hacía milagros, habrá hecho de *Pirracas* cinco gatas.
–No puede ser.
–Sí puede ser. Jesucristo hizo de cinco peces muchos peces.
–Para comer.
–Eso es, para comer. Y San Antón ha hecho de *Pirracas* otras cinco para que jueguen conmigo.
–No puede ser. ¡Qué rabia! ¡No puede ser! ¡No puede ser! ¡Tonta! La verdad es que no hay más Pirracas que una, y que yo la conozco aunque aún no lo he dicho.
–Mamá, ¿verdad que nos quedaremos con todas las gatas?
–No, hija. Creo que ya sé cuál es la verdadera, aunque todas parecen iguales.
–¿Y qué haremos de las otras?
–Se las llevará Pedro, el portero.
Yo me puse a llorar.
–¡No se las des, mamá! ¡Mira que no la conocemos! Mamaíta, yo las cuidaré.
–¡Cállate! Piensa en que tú tienes la culpa de que ahora no sepamos qué hacer con tanto animalito...
Están en el cuarto de los baúles.
Anoche las estuve mirando por el ojo de la llave. Entraba luz por el montante y las vi correr de un lado a

otro, pegarse, saltar hasta los armarios. *¡Pirracas* nunca hace esas cosas!

Esta mañana temprano, cuando empezaba a ser de día, sentí que venían por ellas. Hablaba una mujer y se reía, sin hacer ruido.

Después tiraron algo al suelo y se fueron. Por la calle sentí correr unos coches.

–¡Juana! ¡Juana! ¿Quién se ha llevado las gatas?

–No sé. Yo no he visto a nadie.

–¿De veras?

Me vestí de un salto. En el cuarto de los baúles estaba todo revuelto y habían tirado unas cajas.

¡Lo he comprendido todo! Las gatas eran cuatro princesas encantadas... Nadie las ha visto marchar, y se han ido.

El hada madrina ha venido esta mañana, y era ella la que se reía... Los coches que oí rodar eran las carrozas de oro donde iban las princesas...

–Papá, ¿sabes quiénes eran las gatas?

–Sí, hija, sí. Unas princesas, o unas hadas, o los duendes de «El castillo de irás y no volverás».

–¡Justo! ¡Ay, papá rico, tú sabes siempre todas las cosas!

Miss Nelly

El *Teddy Bear* que me trajeron los Reyes se parece a miss Nelly como si fuera hijo suyo.

Papá y mamá se enfadan cuando lo digo. Tú, lectora, lo comprenderás mejor. El osito tiene el pelo rubio, como la miss, y los ojos parados y bobos, como ella.

–Yo estar furiosa con Julieta por lo diablo que es –dice el osito.

Julieta es mi muñeca rubia, mi hija, y el *Teddy Bear* es miss Nelly, la institutriz, que se queja de mi niña.

–¿Qué hace mi pobre hija? –digo yo.

–No aprende nada.

–¿Y qué es lo que usted quiere que aprenda?

–Yo querer que aprenda Gramática.

–¡Bah! ¿Y para qué sirve la Gramática, me quiere usted decir?

–La Gramática sirve para hablar bien.

–¡Mentira! ¡Mentira! Usted sabe mucha Gramática y habla muy mal. ¡Vaya! Yo tengo siete años y no sé Gramática, ¡ni quiero!

–Tampoco sabe Aritmética. Ni siquiera sabe que dos y dos son cuatro.

–¿Cuatro qué?

–Cuatro.

–¡Ay, mis Nelly, miss Nelly, me está usted pareciendo tonta de remate! He leído en un libro de un señor que sabía mucho, que no se dice cuatro ni siete, sino cuatro manzanas, siete pajaritos, cinco niñas...

–No quiere levantarse por la mañana ni acostarse por la noche.

–¡Claro! Como que no tiene sueño cuando usted lo ordena, ni deja de tenerlo porque usted quiera...

–No quiere estudiar a sus horas.

–¿A qué horas?

–A las horas de estudio.

–Porque quiere jugar.

–A la hora de jugar quiere leer.

–¡Justo! Pero miss, no sea usted testaruda. Julieta no puede levantarse a las ocho y estudiar a las nueve y comer a las diez porque no anda al mismo tiempo que el reloj.

–Las niñas deben ser ordenadas.

–¿Qué niñas?

–Las niñas distinguidas.

–Julieta no es una niña distinguida: es sólo una niña buena.

–No es buena, es rebelde.

–¿Por qué?

–No quiere ir al Retiro por la calle de Serrano.

–Porque hay un perro que ladra mucho. Y a usted, miss, lo mismo le sería ir por otra calle.

–Sí, pero hay que obligarla a ser obediente.

–¡No sea usted boba, miss!

–Además no quiere comer la sopa.

–Porque no le gusta.

–Pero alimenta...

–Cuando sea la sopa de almendras, y en vez de pescado le den natillas, y después tortas, y macarrones de postre, ya verá usted cómo tiene apetito Julieta. ¡Y yo también!

–Los dulces ensucian el estómago.

–¿Usted qué sabe? Pero estas institutrices se creen que se lo saben todo...

–Yo he estudiado mucho en Inglaterra.

–Pero aquí, no. Si hubiera usted ido a mi colegio no sería usted acusona.

–¿Qué es ser acusona?

–Contar a las mamás todo lo que hacen las niñas.

–Para que las castiguen.

–¡Muy bonito y muy buena intención!

–Así se corrigen.

–¡Ah! ¿Es para eso? Pues entonces, para que se corrija usted, la voy a poner de rodillas, cara al rincón. ¡Ea! Está usted castigada hasta la noche.

Y nada más había ocurrido, cuando entró miss Nelly (la de carne), como un demonio, y me llevó de un brazo al cuarto de mamá.

Allí gritó, lloró y dijo mil picardías de mí, en inglés,

claro está. Hasta que mamá me puso de rodillas, cara a la pared, como yo había puesto al *Teddy Bear.*

Parece que toda la conversación que yo había tenido con la institutriz de Julieta habían sido insultos a miss Nelly.

El osito lo ha guardado mamá en el armario del cuarto de costura, y ya no me dejan jugar con él.

Mamá se va

Mamá se vestía para salir.

–¿Ya te vas?

–Sí, hija, ya me voy.

–¿Estarás cuando yo vuelva del colegio?

–No sé, pero creo que no.

–¿Por qué te vas todas las tardes?

–No seas preguntona. Voy de compras, de visitas, a tomar el té. ¡Qué sé yo!

–¿Y todas las mamás se van de casa por la tarde?

–No sé qué harán las mamás, hija mía. Lo que sé es que las niñas no son tan preguntonas como tú.

Yo me quedo triste y con deseo de seguir preguntando. Al fin dije:

–¡Si volvieras antes de anochecer!...

–No podré. Anochece muy pronto.

–¡Qué rabia!

–Mira, hija, no seas absurda. ¿Por qué «qué rabia»?

–Porque cuando vengo del colegio siempre estoy sola.

–No estás sola. Estás con Juana y la cocinera en el cuarto de costura.

–¡Que está frío y lleno de trapos por el suelo!

–Pero te cuentan cuentos y te ríes mucho.

–No me río. Ellas sí que se ríen de cosas que no tienen gracia. Y además, no saben hablar y dicen *diferiencia* y *haiga*... Ayer me llamaron mocosa...

–Vamos, vamos, criatura. ¿A que vas a llorar? Todas las noches cuando vuelvo te encuentro con papá...

–Sí; cuando está muy oscuro, sale papá del despacho y me llama porque tiene miedo.

–¡Jesús! ¿Serás boba?

–Sí, tiene miedo, y yo también. Por eso encendemos la luz del recibimiento y nos paseamos cogidos de la mano.

–¿Por el pasillo?

–Sí, por el pasillo. Vamos desde el rincón del tapiz hasta la puerta de la escalera, después volvemos al tapiz y luego a la puerta... Y siempre que sube el ascensor, papá abre la mirilla para ver si eres tú.

Mamá se quedó pensativa y un poco triste.

–Pues no me ha dicho nada...

–Papá nunca dice nada; pero algunas veces paseamos tan deprisa, que parece que vamos corriendo, y otras muy despacio y me aprieta la mano...

–¡Válgame Dios! ¡Qué criaturas sois! ¡Si yo lo hubiera sabido!

–Y Juana también tiene miedo. Se va a poner la mesa al comedor y no hace más que correr hasta la cocina, porque no quiere estar sola.

–Vamos, hija; vamos; no digas más tonterías. Papá está encantado de que yo me distraiga un rato por la tarde.

–Sí, pero tiene miedo y suspira cuando tardas... ¡Si volvieras temprano!

Mamá reflexionó muy satisfecha.

–Hija mía, creo que me queréis demasiado...

–Entonces..., ¿no sales ya?

–No sé qué haré.

–Mamita, no te vayas siempre de casa al anochecer, que a todos nos da miedo estar sin ti.

La Cenicienta

Miss Nelly se ha ido a Inglaterra, a ver a no sé quién que se ha puesto enfermo, y como ella cree que todo lo sabe, ha dicho que lo va a curar.

Volverá, pero como ahora estoy sola estoy muy contenta.

Ayer me asomé al balcón del pasillo que da al patio.

–¡Solita, oye! Sal, que te quiero decir una cosa. Di: ¿tú no te disfrazas?

–¡Anda! ¡Ya lo creo! Como todos los años.

–Y yo también. ¡Tengo un vestido más bonito!

–¡Será de raso!

–Es de seda y de oro y de plata. Y aquí tiene unas cosas, y luego aquí otras, y esto hace así, y luego así...

Solita estaba asombrada.

–¡Será un traje de reina!

–No, no es de reina: es de *Incroyable.*

–¡Huy! No se te entiende.

–Dime, Solita, y el tuyo, ¿de qué es?

–Pues de chula. Me lo ha regalado una señora. Tiene una falda de volantes muy preciosa, y luego un mantón de

Manila y unos zapatos que brillan como si fueran de cristal y que me están muy grandes, y flores aquí y aquí...

–¡Será muy bonito!

–¡Ya lo creo! Mi hermano se va a poner una colcha encarnada y va a llevar un abanico grande de la señora Juana y la escoba vieja.

–¿Y de qué va vestido?

–De máscara. Luego iremos con el chico del hojalatero, que se viste de tonto, y con la *Madalena*, que va de paleta, a un paseo que le dicen de Rosales.

¡Lo que se va a divertir Solita!

–Pues, hija, yo también voy a un baile de máscaras.

–Pero no será como el ventorro del tío Juan, donde iremos nosotros cuando sea de noche a merendar unas chuletas muy ricas... El año pasado se me perdió un zapato de tanto como me reí, y luego mi madrastra ¡me dio una somanta!...

–Yo también merendaré macarrones y tartinas de mantequilla y mermelada.

–Hija, eso no puede estar bueno. Donde esté una chuleta, que se quiten esas pamplinas.

Solita tiene razón...

–Yo no merendaré, porque no me gusta nada.

–¡Claro! Es como lo del traje. Cuánto mejor era que te vistieran de reina, con tu corona de oro en la cabeza, o de manola, con mantilla de encaje, y no de eso que no se entiende...

¡Ay, Dios mío, que es verdad!

–Yo no me quiero vestir de *Incroyable,* mamita. ¡Yo no quiero!

La Sole se reía.

–¡Anda, hija! ¡Pues tírate al suelo!

–¿Qué dices?

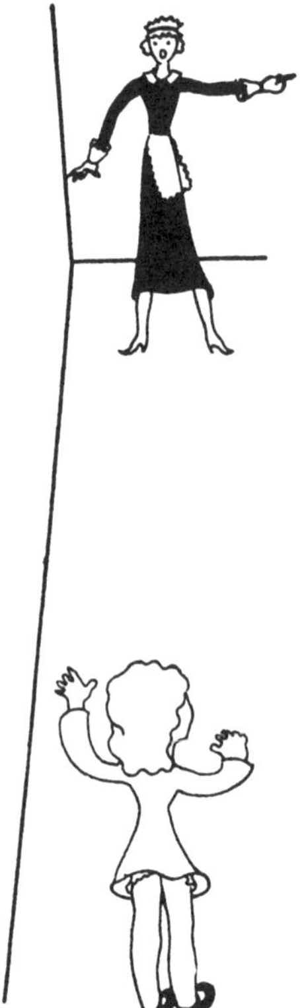

Entonces Juana, que pasaba por el pasillo, empezó a decir:

–¡Jesús! ¡Qué criatura! ¡Pues no está en el balcón cogiendo frío!

Empecé a llorar, porque me había puesto muy triste.

–No me quiero vestir de *Incroyable.*

–Pero, ¿qué dices? –chillaba Juana, que es tonta.

–¡Adentro! ¡Y que mamá no sepa que te has pasado la tarde al fresco, porque buena nos había caído!

–¡No quiero ir al baile de trajes!

–Bueno, bueno. Eso ya lo arreglarás con tu madre.

–¡Me tiraré al suelo!

–Eso. Y te darán unos azotes y te quedarás cuatro días sin postre.

–¡Yo quiero ir con la Sole al paseo de los Rosales, y al baile, y a la merienda!...

–¡Válgame Dios, qué coplas! ¡Pobrecita Sole! Más le valiera que la mandaran al colegio, que es la Cenicienta de la casa.

–¿Pero es la Cenicienta?

–Claro que sí. La tiene todo el día su madrastra hecha una zacana, y luego la lleva que da asco verla, de sucia y zarrapastrosa.

–¿Es de verdad? ¡Dios mío, y yo que no sabía nada!

–Oye, Juana, dime: ¿tiene madrina?

–¿Yo qué sé? ¡Qué preguntona eres!

–¿Pues quién le ha comprado el vestido?

–¿Qué vestido? No digas tonterías.

¡Ella sí que es tonta!

–¿Pero no sabes que tiene un vestido de flores y unos zapatos de cristal?

–¡Ay, hija! ¡Tú la has cogido!

¡Ahora sí que lo entiendo todo! ¡Las rosas del jardín, el baile donde perdió el zapatito de cristal, la señora que le regaló el vestido!... ¡¡Sí, tiene madrina!!

Promesas sin cumplir

Sin hacerme caso, mamá se estaba puliendo las uñas y yo no sabía ya qué hacer para aprenderme la lección.

–Mamita, yo no puedo aprenderme esto, que es muy difícil.

–Estudia y verás cómo lo aprendes.

–Si estudio... ¡Si estudio mucho!

–Pero sin orden ni concierto... ¡Ea, vete a tu cuarto a estudiar, que tengo mucho que hacer!

–¿Qué tienes que hacer?

–Muchas cosas. Tomar la cuenta a la cocinera, escribir dos o tres cartas y salir a las seis a tomar el té con mis amigas del Lyceum.

–¿Y no me puedes tomar antes la lección?

Mamá se resignó, al fin, y puso el libro sobre la mesa para verlo sin dejar de limarse las uñas.

–Vamos a ver qué sabes... ¿Es ésta la lección? Empieza.

Yo crucé las manos por la espalda y comencé a balancearme, porque si no hago como en el colegio no puedo dar la lección.

–«Sila, señor y *tirando* de Roma...»

Mamá se espantó, no sé por qué.

–¡Jesús! ¡Pero qué disparates estás diciendo!

Y yo me puse muy encarnada y me entraron ganas de llorar...

–Si casi no la sé... Si no...

–Pero, hija, si es que no sabes lo que dices. Vamos, ven acá... No llores. Siéntate a mi lado. ¿Qué quieres decir con eso de *tirando* de Roma? ¿Qué es eso de *tirando?* Lo que dice es «Sila, señor y tirano de Roma». ¿Tú sabes lo que es un tirano?

–No, no; yo no sé lo que puede ser un tirano, ni a nadie se lo he oído decir nunca.

–Hija, el otro día me dijiste que tampoco sabías lo que era «muchedumbre», ni «límite», ni «fluvial» y así, sin saber las palabras, no es posible que aprendas la lección.

–¡Anda! ¡Si es por eso!... La lección nunca se sabe lo que dice... Ninguna la entiende... Ni las profesoras tampoco...

–Pero ¿de dónde sacas esas tonterías? –dijo mamá.

–Pues porque en los libros nada está claro... Todas son palabras que no se dicen nunca.

Y mamá dijo que sí, que los libros de los colegios son retorcidos y confusos.

–Lo dirán así para que no entendamos nada, ¿verdad, mamá?

Mamá no me contestó, pero me dijo lo que quería decir cada una de las palabras, y me lo explicó tan bien, que la lección era hasta bonita.

–¡Cuánto me ha gustado! Es que yo sola no lo entiendo.

–No es que no lo entiendes, es que no lees bien...

–¿Quién me ha enseñado a leer?

–Yo; esas cosas las enseñan las madres.

–¿Y quién me ha enseñado a hablar?

–Yo, pero de nada sirve si no conoces las palabras.

–Pues ya ves que todavía no he aprendido todas las palabras y tienes que enseñármelas... Anda, ahora mismo me enseñas unas poquitas...

–No, hijita, ya te he dicho que no puedo... Aunque renuncie a escribir las cartas tengo que ir de compras antes...

–Bueno, pues vete...

–Ya sabes que no me gusta verte de hociquito...

–No pongo hociquito... Es que ningún sábado te quedas en casa conmigo... Y eso que no tengo colegio...

Y me dio tanta pena de mí, que me puse a llorar... Entonces mamá me abrazó y me dijo muchas cosas.

–¡No llores tú, niña, hija mía, cielo! ¡Vamos, no seas tontina! Si eres buena y obediente, el sábado que viene te llevaré al *cine* a ver los cerditos y Mickey y los chicos de la pandilla...

–¡No quiero! ¡No quiero!

–¿Qué es lo que no quieres?

–No quiero que me digas eso... ¡Eso es! ¡Que luego no es verdad!

Yo seguía llorando porque estaba desesperada, pero mamá me apartó las manos y me hizo mirarla a la cara.

–¿Qué piensas? ¿Qué tontería te ha dado? ¡Contesta!

–Si lo digo te vas a enfadar...

–No me enfado... Di.

–Pues... la otra semana me decías: «Ya verás, cuando llegue el sábado te llevaré a ver una comedia muy bonita en que sale Pinocho y la bruja "Marimandona"», y luego llegó el sábado y no fuimos a ninguna parte...

–Ya sabes que tuve neuralgia..., pero en cambio vino tu amiga María Teresa.

–¡No me divertí nada! Me acordaba de la bruja y de que en el teatro habría muchos niños riéndose y... ¡Tenía una pena tan grande!... ¡No me prometas nada que luego no me cumplas, mamaíta!

En casa de María Teresa

Llovía mucho, y mamá mandó que me llevaran a pasar la tarde en casa de María Teresa, que tiene muchos juguetes y un cuarto grande para jugar.

María Teresa estaba de mal humor, porque no había venido su amiga Chuchita, que no es un perrito, sino una niña con tirabuzones.

Y como yo soy pequeña, si no venía nadie más, nos íbamos a aburrir las dos. Eso decía María Teresa.

–Tú eres mi hija –decidió de pronto–, y yo te llevaba al colegio, te enseñaba la lección y te pegaba si no me obedecías.

–No, yo no quiero ser hija.

–¿Pues qué quieres ser?

–Yo quiero ser una Greta Garbo..., o la cocinera, o una bruja, pero hija, no.

–Bueno, serás la cocinera. «¡A ver, Canuta, guise usted este pollo en salsa china!»

–¡Bueno, señora! –dije, y me puse a preparar las cacerolas para guisar el pollo.

–Canuta, limpie usted los zapatos de los niños.

Con un trapito y un poco de saliva dejé los zapatos como nuevos.

–Ahora haga usted las camas y barra la casa.

No había escoba, y barrí con un cepillo de dientes que trajimos del cuarto de baño.

–¿Quiere la señora que dé cera al parqué?

–¡Naturalmente! Hay que dejar la casa como un espejo, porque va a venir de visita el Emperador de las Indias.

Trajimos mantequilla del armario de la cocina y frotamos los muebles y el suelo hasta dejarlos suaves, suaves como seda.

–Ahora hay que poner colchas, y colgaduras de lujo, y reposteros, tapetes y alfombras.

María Teresa sacó de un baulito todas estas cosas y muchas más.

–¿Ves todos estos pedazos de tela? Pues con ellos harás un mantel y seis servilletas que hacen falta.

–¡No sé!

–¿Cómo que no sabes? Las cocineras saben hacerlo todo.

Y María Teresa me enseñó a cortar unos cuadros muy igualitos de tela y a quitar hilos hasta que tuvieran fleco.

Después hicimos flores para los jarrones, con redondeles pequeños de tela de colores, que pinchábamos en un alfiler.

–Ahora tiene usted que hacer pasteles.

–No sé.

–¡Jesús, hija! ¡Vaya una cocinera que no sabe hacer nada! ¡No sé, no sé! ¿Es usted una cocinera o un reloj de repetición?

–¿Qué?

–¡Vamos, no seas tonta, Canuta! Los pasteles de las muñecas son bombones, y se hacen así.

Fíjate bien, lectora, porque los bombones resultan muy ricos y son fáciles de hacer.

María Teresa llamó a la cocinera de verdad, y ella puso lumbre en la cocinita de juguete. En una cacerola pusimos un poco de mantequilla de la que nos había sobrado de limpiar la casa. Cuando estuvo derretida echó un pedazo grande de chocolate, que no sé de dónde trajo, y pedacitos de almendras tostadas.

Con el calor se hizo todo un caldo muy espeso, y entonces María Teresa fue echándolo a cucharaditas sobre una hoja de lata untada de mantequilla. En seguida se enfriaba, y ella daba vueltas a la masa hasta formar los bombones alargados. ¡Olía más bien!

Los pusimos en el balcón para que se enfriaran pronto. Luego nos lavamos las manos y nos peinamos, para recibir al Emperador de las Indias, que iba a venir.

Y vino. Era un primo de María Teresa, que es cadete y lleva un traje precioso de Emperador.

Con él comimos los bombones y jugamos con las muñecas; pero no quiso tocar nada de la casa, porque dijo que estaba muy puerco. ¡Habráse visto!

Nos contó una historia de un león que había cazado y de unos indios que lo quisieron cazar a él. Después se fue.

–¿Y ahora, a qué jugamos?

–No sé, como eres tan pequeña me aburro contigo.

–Si quieres, podemos jugar al león que cazó tu primo.

–Bueno. Tú corrías porque eras el león, y yo te cazaba.

Aquello, al principio, fue muy divertido, pero luego se empezaron a caer juguetes y a romperse muñecos... Yo no hacía caso, porque a los leones no les importa romper nada; yo rugía, yo me alborotaba los pelos, yo corría y saltaba como un león...

–¿Qué escándalo es éste? –dijo la mamá de María Teresa, que vino al oírme.

–¡Que soy un león! –rugía yo.

–¡Pero esta niña se ha vuelto loca! ¡A callar! ¿No ves que te vas a poner ronca? ¡Madre de Dios, qué sofocada estás!

Y la mamá nos cogió de la mano y nos llevó al gabinete donde está siempre.

–Voy a daros un libro de estampas y os vais a estar quietecitas hasta la hora que vengan a buscar a Celia.

María Teresa se sentó en un sillón grande, frente a la chimenea, con el libro en las manos. Yo, junto a ella, en una silla baja; a mi lado sentamos en una banqueta a Mariuca, la muñeca, y al suyo, a Caifás, el conejo que chilla.

María Teresa empezó a leer.

«Pues señor, éste era un rey que vivía en un palacio de cristal y tenía una hija tan delicada como una pompa de jabón.»

Yo me encontré de pronto en el palacio, andando por los salones, de la mano de la princesa. ¡Qué calor hacía!

–¿Por qué no abrimos el balcón, princesita?

–Porque en cuanto nos dé el aire nos desharemos.

–Yo, no.

–Tú también, porque en este palacio eres una pompa de jabón como yo. Ahora puedes subir hasta el techo y lanzar rayos de colores cuando el sol te da.

En este momento se abrió una ventana, y la princesa y yo nos deshicimos con un estrépito horroroso...

–¿Qué pasa, qué pasa? –oí decir–, y me encontré en el suelo con la muñeca, el conejo y las banquetas.

–¿Pero te habías dormido, criatura? ¿Te has hecho daño?

La carabela «Santa María»

Era por la mañana; y papá y mamá, mientras tomaban el desayuno, hablaban de comprar una cosa.

–Es muy cara –decía papá.

–Pero es magnífica... Y ya lo oíste: la copia exacta de la *Santa María*.

–Bueno, mujer, bueno. Si tanto te gusta, di que la traigan hoy mismo.

–¡Qué bueno eres! –dijo mamá.

Yo estaba preocupada. ¿Qué sería?

–Di, mamá. ¿Qué te vas a comprar?

–Una carabela.

–¿Una carabela no es un real plateado?

–No digas tonterías. Una carabela es un barco antiguo, lo mismo que aquellos en que fue Cristóbal Colón a América.

–¡Ah! ¿Y la quieres para cuando vayamos a San Sebastián?

–No, tonta. ¡Si es para el salón! Ahora hay barcos en todas las casas.

–¿Pero es muy grande?

–Sí, muy grande; la mayor que había en la tienda.

Vino Juana a decirme que ya estaba el auto del colegio a la puerta.

Desde que miss Nelly se fue a Londres, he vuelto con las madres, y me divierto mucho. Ayer, a la hora del recreo, paseábamos por el jardín Finita y yo.

–¿A que tú no tienes en tu casa un barco?

–Sí que lo tengo. Está encima de la chimenea.

–¡Bah! ¡Será muy pequeño! En mi casa van a comprar uno grande, grande, como los que Colón llevó a América.

–¡Huy! ¿Y dónde lo vais a poner?

–En el salón, que es muy grande. En medio. Debajo de la lámpara.

–¡Qué niña más mentirosa!

–No es mentira. Yo cuando vaya del colegio me embarcaré en él con Julieta, mi muñeca, y *Pirracas*. Llevaré mi merienda para que comamos todos. Después remaré, y como estarán abiertos los balcones, se hincharán las velas y correremos por el mar.

–¡Huy, qué niña! ¡Pero si no es el mar!

–¡Y qué importa! El suelo está encerado y brilla como si fuera agua. Además, la madera tiene dibujos y parecen olas.

–¡No se moverá del sitio!

–Bueno, pues que no se mueva... Luego, cuando llegue la noche, todo estará muy oscuro y dará mucho miedo... A lo mejor vienen unos piratas salvajes que nos quieren comer; pero yo tendré un palo y los mataré a todos.

–¿No tienes escopeta?

–¡No!

–Yo tengo una de mi hermano, y si quieres te la prestaré.

–Bueno, sí. Puedes venir a mi casa a embarcarte.

–Sí, sí; yo se lo diré a mamá.

–¡Ya verás qué bonito! Dormiremos en el barco, y de pronto oiremos cantar a una sirena, que se acerca a nosotros con un collar de corales para cada una.

–¿Muy grande?

–Lo menos de dos vueltas. Nosotras le regalaremos caramelos. También hemos de llevar mucho pan para echar migas a las ballenas, que se pondrán todas alrededor...

–¡A mí me da miedo!

–¡Bah! ¡No seas miedosa! ¿No ves que yo no tengo miedo? Cuando el mar se ponga muy malo, nos pondremos de rodillas y rezaremos a la Virgen muchas avemarías. Entonces vendrá la Virgen y todo se calmará.

–¡Vendrá la Virgen!

–¡Claro! Siempre ocurre así. Lo peor será que nos perderemos. ¡Qué apuros vamos a pasar! Estaremos toda la noche llorando y dando gritos por si nos oyen desde otro barco. De pronto veremos una luz, y pediremos socorro...

–¡Yo no quiero! –dijo entonces Finita, y se puso a llorar.

–¡Vamos, no seas tonta! ¡En cuanto veamos la luz ya estaremos salvadas! Y oiremos una voz que dirá: «¡Ánimo, ánimo!», y nos pondremos muy alegres.

–¿Es otro barco?

–¡Quia! Eso creí yo; pero no es nada. Al amanecer sólo vemos el mar. ¿Qué habrá sido, Dios mío? Pero habrá que limpiarlo todo, y hacer la comida, y entretener a Julieta, que llorará de miedo... Así se pasará el día.

–¿Y vendrán piratas?

–No. ¿No ves que los habremos matado a todos? Oiremos S.O.S., que es pedir socorro, y bajaremos a los 80° de longitud y a los 40° de latitud y encontraremos una isla donde vive un santo viejecito que se va a morir. Entonces iremos hacia la derecha, y todo el día remaremos hasta que no podamos más. De pronto gritarás tú: «¡Tierra!».

–¿Y qué pasará?

–Pues eso, que se verá tierra y que allí a la orilla estará el santo esperándonos...

Pero no pude acabar aquella historia tan preciosa, porque tocaron la campana para empezar las clases y tuvimos que separarnos. Me castigaron dos veces por habladora. Yo quería contar lo del barco a María Luisa, pero no me dejaron.

¡Al fin salimos! Estaba deseando llegar a casa.

–¿Han traído el barco?

–No sé –dijo Juana.

–¿Pero no lo has visto?

–Yo no he visto nada. Como no sea un paquete que trajeron a mediodía.

Corrí al salón. ¡No, no lo habían traído! Todo estaba igual... El espejo, el tapiz, la mesa dorada...

Fui al despacho.

–Papá, ¿no han traído el barco?

–Sí, hija, sí; en el salón está.

–¡No está, se lo han llevado!

–¿Quién se lo va a llevar? Te digo que está en el salón, sobre la mesa. Y vete, hija, vete, que tengo mucho que hacer.

Volví al salón... Pero ¿cómo no lo había visto antes?... Estaba encima de la mesa dorada. ¡Ay, Dios mío, qué pequeño era!...

¿Por qué me habían engañado? Ni siquiera *Pirracas* cabe en el barco... Ya no hay olas, ni piratas, ni ballenas, ni golondrinas, ni isla, ni santo...

¡Qué pena, madre mía, qué pena!... Me senté en el suelo a llorar...

El museo del negro

Mamá me había advertido:

–No vuelvas a traer a Finita a jugar a casa. El día que vino derramó el tintero, rompió un cristal y se quiso beber la colonia. ¡Jesús, qué salvaje! Con otra tarde como aquella me quitáis la vida.

Aunque a mí me parece que mamá exagera un poco, la verdad es que Finita se portó muy mal. Sólo quería jugar a guerras, y a justicias y ladrones, como juega con sus hermanos...

–El jueves voy a jugar contigo –me dijo la semana pasada.

–No, no vayas porque...

–¿Por qué?

–Pues porque... en el principal de mi casa vive un hombre negro que coge a los niños.

–¡Qué tonta!

–Sí, sí. Está siempre detrás de la puerta, y así que ve subir un niño por la escalera lo coge en vilo y lo mete en su casa.

–¡Subiré en el ascensor!

–Pero bajarás andando.

–¿Y cómo no te coge a ti?

–Porque a mí me conoce y no se atreve. Mi papá le mataría.

–¡Huy, qué niña más mentirosa!

–¡Ah! ¿Es que no lo crees? Pues es verdad. Antes estaba ese cuarto desalquilado; pero la semana pasada ha venido a vivir en él un hombre gordo y negro, que tiene la casa llena de niños.

–¡Jugarán mucho!

–¡Ay, hija! No, no juegan, porque están muertos.

–¿Los mata?

–¡Claro! Los cuelga del techo y los diseca, y luego les pone una tabla en el cuello que dice: «Lolita, cinco años»; «Antoñito, siete años»...

–¡Huy, qué miedo! ¿Y para qué los quiere?

–Porque tiene un museo de niños.

–¿Qué es eso?

–¿Pero no lo sabes? ¡Hija, eres tonta! Un museo es un sitio donde se guardan muchas cosas para que las vayan a ver. ¿No has estado nunca en el Museo de Historia Natural?

–¡No!

–Pues que te lleven a verlo. Allí están disecados muchos pájaros, y leones, y tigres, y todos tienen un cartel que dice cómo se llaman.

–¿Y también los ha disecado el hombre negro?

–Sí, seguramente. Habrá estado en el campo quieto, quieto, viéndolos pasar, hasta que los ha cogido para ponerlos en el museo.

–¡Qué miedo! Ya no voy a tu casa.

–¡Claro! Por eso te lo he dicho.

Y ya respiré tranquila. ¡Mamá tiene unas cosas!... ¿Cómo le iba yo a decir a Finita que no volviera a casa?

Pero al día siguiente, cuando bajé la escalera para ir al colegio, ¡me dio un miedo! Miré la puerta del principal, temblando... ¡Dios mío, pero si es mentira! ¡Si no hay hombre negro ni museo de niños! ¡Qué tonta!

–Mamita, que baje Juana conmigo, que tengo miedo.

–¿Miedo? ¡A qué? ¡Ya te habrás figurado alguna atrocidad para no dejarnos vivir tranquilos!

–No, yo no me figuro nada; pero está oscuro.

–¿Oscuro? No sabes lo que dices. Juana tiene mucho que hacer por la mañana, y Pedro, el portero, te ayuda a subir al coche. No te hace falta más.

Y claro, no me han hecho caso y ha ocurrido una cosa horrible.

Mamá y la cocinera tienen la gripe, y el teléfono se ha descompuesto.

Papá y yo cenamos anoche solos. Después, papá se puso a leer el periódico, y yo me fui con Juana a la cocina, a contarle un cuento mientras fregaba.

De pronto, Juana se sentó en una silla y empezó a llorar.

–¡Ay, Dios mío, qué mala estoy! ¡Yo me voy a morir!

Porque Juana, siempre que le duele algo, dice que se va a morir.

Corrí al comedor, donde aún estaba papá.

–Juana se va a morir, papá, y está llorando.

–¿Qué dices? Pero ¿aún no te has acostado?

–¡Papá, que Juana se va a morir!

Al fin, papá se enteró de lo que ocurría y fue a la cocina.

–¡Vaya, mujer, no será tanto! Déjelo todo y acuéstese inmediatamente. Será la gripe. Nada, poca cosa. Y tú, Celia, baja a la portería y di a Pedro que avise al médico que tenemos otro enfermo.

–¿Yo sola?

–¡Anda, anda! Sube en seguida para acostarte.

Y bajé. Al llegar al principal vi que la puerta del piso estaba entreabierta y que unos ojos muy grandes me miraban por la rendija... Escapé a correr escaleras arriba... Pero pensé que papá me reñiría; volví a bajar.

Allí seguían los ojos grandes mirándome... ¡Unos ojos que parecían de porcelana!... Me dio un miedo horrible y volví a subir... Y en seguida bajé otra vez. Pasaría corriendo...

Pero entonces se abrió la puerta del todo y salió un hombre negro, que se vino a mí...

–¿Es usted Celia, no es eso? *Pue ésta* no son hora de que la niña linda vaya a la *caye*...

–¡Papá! ¡Papá! –grité.

–¡Chist! *Caye no má,* y no me *escandalise*...

Papá, que ya estaba inquieto porque yo no volvía, llegó en este instante.

–¿Qué te pasa?

–Mire, *señó*, yo estaba esperando al amito *detrá* de la puerta, cuando vi *bajá* a su linda niña. *Entonse* yo vi que volvía a *subí* y a *bajá* dos o tres veses, como si fuera a *haser* una picardía, y me *malisié* que ella había salido de casa sin que lo supiera...

Yo, que me había contenido, rompí a llorar a gritos, porque ya no podía más.

Papá me cogió en brazos y, de mal humor, dijo al negro:

–Muchas gracias, pero ya ve usted el susto que ha dado a la niña... Valdría más que la hubiera dejado bajar...

Cuando estuvimos en casa, me dijo papá:

–Pero ¿qué era eso de subir y bajar las escaleras que dice el negro? ¿Es que estabas jugando?

–No, papá, es que tenía miedo. Dime, ¿es verdad que el negro tiene un museo de niños?

–¿Qué dices? ¿Qué tontería te han contado?

–No, nadie me lo ha dicho; pero yo lo sé...

En busca de la madrina

Yo quiero conocer a tu madrina, Solita.

–¡Huy, mi madrina!

–Sí, esa señora que te regaló el vestido de flores este Carnaval.

–¡Ah, la señorita Estrella! Pues, hija, esta tarde voy a ir a su casa a llevar un recado de mi padre.

–¿Quieres que vaya contigo?

–Bueno. ¿Pero te dejan salir sola a la calle?

–No lo sabrán. Mamá se irá de paseo, papá está siempre en el despacho, y Juana y la cocinera, en el cuarto de costura... Volveremos pronto, ¿verdad?

–¡Claro! Entonces, ¿quieres que te espere en la acera de enfrente?

–¡Sí, espérame!

Cuando acabamos de comer, mamá se marchó. Yo me puse el abrigo del Colegio, y muy callandito bajé la escalera. ¡Iba a ver el hada de la Cenicienta!

Pedro no estaba en el portal, y de un salto me encontré en la calle con Solita.

–¡Vamos corriendo!

Corrimos mucho, mucho, hasta una calle muy ancha, llena de gente...

–Di, Solita, ¿vive muy lejos el hada?

–¿Qué hada?

–Tu madrina.

–¡Anda, hija! ¡Pues no has tomado tú mala perra con el hada! ¡Pero si ya te he dicho que es la señorita Estrella!

–¿Vive muy lejos?

–No; vive en una casa preciosa en medio de un jardín. ¡Es riquísima! ¡Hasta la cama tiene de oro!

–¡Qué bonita será!

Estuvimos andando mil años y no llegábamos nunca. Cuando se acabaron todas las calles, fuimos por el campo.

–¿Ves aquel palacio que tiene cristales en el tejado? Pues ahí vive la señorita Estrella.

–Eso que brilla no serán cristales; serán diamantes y piedras de colores.

–Puede ser, porque es riquísima...

Al fin llegamos. No era el palacio tan bonito como yo creía, ni el jardín tan grande; pero había muchas flores y olía muy bien. Llamamos y salió una vieja.

–¿Qué queréis?

–Yo soy Solita, la hija del señor Pedro, y vengo a decir a la señorita Estrella...

–La señorita Estrella no está.

–Esperaremos, ¿verdad, Celia?

–La señorita no está en Madrid; se ha ido muy lejos, a un país que le llaman Oriente.

–¿No será de donde vienen los Reyes?

–Sí, hija, sí; allí mismo es donde ha ido la señorita.

–¡Anda! ¡Hay que ver qué cosas!

Solita no comprende que las hadas se vayan a Oriente.

–Vámonos a casa –dije yo.

Y volvimos. Yo quería correr. ¡Ay, Dios mío, si se han enterado de que no estoy!

–¡Con tal de que no digas que has venido conmigo! ¡Me deslo-man a palos si lo saben!

–No, no diré nada; pero vamos deprisa.

Corriendo, corriendo, llegamos a una casa muy grande, toda encarnada y redonda como un castillo... Alrededor había muchos coches y mucha gente...

–¿Qué pasa?

–Nada, que hay corrida.

–¿Qué es eso?

–¡Chica, a ti, en sacándote de las hadas, no sabes nada!

En una puerta muy grande había muchos chicos mirando por las rendijas. Yo también miré... Primero no veía nada; después vi un patio y unos caballos tirados en el suelo, que echaban sangre...

–¿Qué es esto, Solita?

Pero Solita no estaba. La busqué por todas partes, pregunté por ella, la llamé a gritos y, al fin, me entró una pena tan grande, que me puse a llorar. Nadie me hacía caso, y volví a la puerta donde había perdido a Solita.

Aún había más chicos que antes. Se apretujaban y se encaramaban para ver mejor. Yo encontré una rendija desde donde se veía mucha sangre y unos diablos colorados que iban y venían... Pero un chicazo malo me dio un empujón y me quitó para mirar él.

De pronto empezó a oírse un ruido muy grande dentro del castillo.

–¿Qué pasa? –pregunté al chico que había a mi lado.

–¡Anda ésta, qué pasa! Pues que han matado al sexto, so panoli, y aplauden.

–¿Están matando ahí dentro?

–No, no están matando; ya han acabao, y ahora se van.

¡Madre mía! ¿Dónde estaba yo?

Quise correr; pero todos los chicos de la puerta corrían, salía gente por todas partes; me caí, me pisaron, lloré... y de pronto me levantaron cogiéndome de un brazo...

–¿Te has hecho daño? –me preguntó un señor gordo, con unos bigotes muy grandes; pero yo lloraba mucho y no podía hablar.

–¿Dónde están tus padres? ¿Te has perdido? Di.

–Sí..., me he perdido... No sé ir a mi casa...

Y yo lloraba más fuerte cada vez, porque tenía mucha pena.

–¡Vaya por Dios! ¿Y sabes siquiera dónde vives?

–¡Bueno! ¡A ver si nos vamos a buscar una complicación! –dijo una señora muy fea.

–Nada de complicación; con llevarla a su casa, hemos concluido.

–Eso. Y si vive donde Cristo dio las tres voces, la llevarás tú, que lo que es yo...

–Bueno, mujer, yo la llevaré. ¿Dónde vives? ¿En la calle de Serrano? ¿Ves, mujer, cómo la podemos llevar sin salir de nuestro camino? Vamos, pequeña, dame la mano y vamos andando...

Y yo puse mi mano en la del señor gordo, que acababa de matar a no sé quién, pero que era bueno.

–¿Cómo te llamas?

–Celia.

–¿Y habías venido a la corrida con tus papás?

–¡No! Mis papás son muy buenos y no matan a nadie...

–¡Ya me lo figuro! Ni nosotros tampoco. ¿O es que crees que he matado yo a los bichos?

–¡No, señor, no!

–¡Ay, hija, y que otros lo harían peor!... ¿Entonces es que has venido de tu casa a la salida?

–Sí, señor.

–Pues no debían dejarte. Eres muy pequeña, y ya ves lo que te ha pasado hoy. ¿No volverás a venir por aquí en día de corrida?

–No, señor, no.

–Bueno, eso es lo que hace falta, que te haya servido de escarmiento.

–¿Pero vas a dejar a la chica en paz, o es que la piensas examinar de doctrina?

–Mira, Pepa, no seas borrica. Si sabré yo que se te están pasando las primeras ganas de darle un beso...

–¡Bueno!

Y llegamos a casa. Pedro estaba en la puerta, y así que me vio empezó a hacer aspavientos.

–¿Pero dónde te has metido, criatura? ¡Vaya un susto que tienen en tu casa!

¡Y era verdad! Mamá estaba como loca. Lloraba y reía cuando me besó. Papá se había ido a buscarme por todas las casas de Madrid. ¡Pobre papá! Yo me lo figuraba mirando debajo de todas las camas y dentro de todos los armarios... ¡No iba a acabar nunca!

Cuando llegó, creí que me ahogaba a besos.

–¿Dónde has estado, hija mía? ¿Cómo te has ido? ¿Qué querías ver?

–Fui a ver el hada, papaíto, y no estaba: se había marchado con los Reyes Magos. Después estuve en el castillo del ogro, y estaban matando a él y a todos sus hijos. ¡Eran seis! Cuando los mataron a todos, unos señores me trajeron a casa...

El modelo de París

Mamá encontró el otro día, revolviendo en el armario de mi cuarto, un vestido azul. En seguida llamó a Juana.

–Ponga usted a la niña este vestido.

–Es muy feo... –dije yo.

–Las niñas se callan.

–Bueno, pues que se callen las niñas; pero yo digo que ese vestido es feo, y viejo, y no es mío.

–¿Pero te quieres callar? –dijo mamá, muy enfadada.

Me callé, y Juana me puso el vestido, que estaba muy arreglado. Era tan pequeño, que las mangas me llegaban al codo y el borde de la falda al ombligo.

–¿Ves como no es mío?

–¡Jesús! ¡Lo que crece esta criatura!

–No crezco.

–¡Siempre llevando la contraria! ¡Eres insoportable!

–No crezco. Ni mis muñecas tampoco; y si crecieran me pondría muy contenta y no las reñiría como tú a mí. Sólo crece el rosal, porque lo empuja la tierra para arriba...

–¡Calla, calla, habladora, que me duele la cabeza!

A las personas mayores siempre les duele la cabeza cuando se les cuenta algo.

Mamá se fue a la calle, a comprar no sé qué; Juana a la cocina, a contarle historias a la cocinera, que nunca tiene dolor de cabeza, y yo me quedé en mi cuarto hecha una facha con el vestido azul.

Me lo quité, porque me apretaba los brazos y no podía hacer nada, y vi que no era muy feo. Estaba arrugado, pero planchándolo un poquito se quedaría precioso.

¡Qué guapa estaba con él Julieta, mi muñeca! Un poco largo... Pero podía cortarlo... Y lo corté con ondas, como mi vestido blanco. Después descosí las mangas, que también eran largas, y se lo puse. ¡Julieta parecía una reina!

Ya habían pasado muchos días, cuando Juana le quitó el vestido a mi muñeca, gruñendo no sé qué, y se lo llevó. ¡Bueno! Ya le haré yo otro más bonito.

Hoy mamá me llama a su cuarto.

–¡Esto no puede continuar así, hija mía! ¡Eres mi tormento! ¡Tú crees que se puede estropear por juego un modelo que te trajeron de París el año pasado y que costó un dineral? ¿Por qué has hecho eso?

–¡Yo no sé lo que dices, mamaíta!

–Sí lo sabes, sí. Pero también debes saber que ya no irás a San Sebastián este año y te quedarás en la Sierra con los guardas, vestida con un delantal viejo y descalza como los chicos del pueblo.

Yo me puse a llorar. Todo aquello era una injusticia, porque yo no me acordaba de haber estropeado cosa alguna... ¡Ah! ¡Pero ya sabía!

–Ha sido Juana, mamá; ha sido Juana. Yo te lo aseguro.

–¿Qué estás diciendo?

–Que ha sido Juana. Cuando rompió el florero de cristal, dijo que había sido yo; y ahora que ha roto eso que dices, me echa la culpa a mí.

Mamá me miró muy seria.

–¿Es verdad?

–¡Ya lo creo que es verdad!

Mamá salió del gabinete sin decirme nada, y en seguida oí llorar a Juana en el pasillo.

–¡No he sido yo, señora; no he sido yo! ¿Qué interés hubiera tenido yo en romperlo?

–El interés de no tenerlo que arreglar. Ya había yo notado que no tenía usted ningún deseo de alargarlo...

Entonces vino papá y me sentó en sus rodillas.

–Vamos, di la verdad. ¿Quién ha cortado el vestido azul?

–Yo. No servía para nada, y a Julieta le estaba muy bien.

–¡Muy bonito! ¿Y por qué le has echado la culpa a Juana? La pobre está llorando, y dice que se va a ir.

–¡Anda! ¡Pero si yo no he dicho que Juana había cortado el vestido!

–¡Sí lo has dicho, embustera! –dijo mamá–. ¡Esta niña se va volviendo muy mala!

Entonces papá me llevó en volandas hasta el cuarto de los armarios, me dejó allí y echó la llave.

De tanto llorar me quedé dormida, y al despertarme comprendí que el vestido azul tenía otro nombre...

Mamá entró a buscarme...

–¡A comer y a ser una niña buena! A Juana le pedirás perdón. Nosotros ya te hemos perdonado.

–¡Bueno! Y a mí, ¿quién me va a pedir perdón?

–¿Qué estás diciendo?

–Mamá: ¿cómo se llama el vestido que he roto?

–¡Silencio! ¿No te digo que te hemos perdonado? ¡De eso ya no se vuelve a hablar más!

¿Es pecado mentir?

Tenía la lengua llena de heridas de llevarla al diente que se movía en mi boca como un cascabel.

–¡Me duele mucho el diente, mamaíta!

Mamá me hizo abrir la boca y vio que me salía sangre.

–Es que se va a caer. Ya tienes el otro fuera, y lo mejor es darle un tironcito, para que no te haga sufrir más.

–No, no; yo no quiero sacármelo –dije asustada, porque me dolía mucho–. ¡Ay, cuánto me duele!... Mira, lo tengo suelto de un lado...

–Sí, lo mejor es que te lo quites... Después lo entierras en una maceta, y mañana, al despertar, te habrán dejado las hadas un regalo debajo de la almohada.

–¿Por qué?

–No sé. Tal vez ellas, que tienen su palacio debajo de la tierra, cuando a un niño se le cae un diente lo ponen en sus collares como una perla...

–¡Qué bonito! Cuando se me caiga lo enterraré para que sepan que se lo regalo.

–Sí, pero entonces nada te darán en cambio, porque no has hecho por ellas ningún sacrificio.

–¡Qué malas son las hadas! ¿Quieren que me duela?

–Al contrario –dice mamá–, lo que quieren es acostumbrarte a que aguantes un dolor que te evitará sufrir más tiempo.

Sí, era así... Estuve pensándolo un rato, pero...

–¿No me engañas, mamaíta?

–Yo no te engaño nunca, hija mía.

–Porque tú dices que mentir es pecado.

–Claro.

–¿Un pecado muy grande que castiga Dios?

Porque yo quería estar bien segura de esto antes de decidirme.

–Sí, pero... las personas mayores mienten a veces para evitar un disgusto o por otras cosas que tú no sabes. Los niños no deben mentir nunca.

–¿Por eso dijiste ayer que habías salido, cuando vino a verte la mamá de María Rosa?

–Justo, por eso.

–Y a tu amiga Mercedes le dijiste que ese vestido que te ha hecho la costurera te lo habían mandado de París.

Mamá daba golpecitos con el pie en el suelo, y esto es señal de que se pone nerviosa.

–¡Jesús, qué niña! Si no estuvieras en las visitas... Sí, le he dicho eso a Mercedes por razones que yo me sé.

Pero yo necesitaba asegurarme de que mi mamá no miente sin motivo, porque me ha prometido muchas cosas que no pueden ser mentira...

–A *mademoiselle* le dijiste que me ibas a poner en un colegio y que por eso no la necesitábamos...

–Sí, hijita, sí –y mamá está más nerviosa cada vez–. Todo eso y mucho más hay que mentir en esta vida. Pero

las niñas han de ser discretas y no ocuparse de lo que dicen los mayores... ¡Jesús! ¡Qué criatura!

Me quedé triste, porque mamá tenía la voz como cuando se enfada...

–¿Y a mí también me dices mentiras?

Entonces mamá me acarició y me dijo:

–A ti, no. Todo lo que te digo es cierto... Para ti y para mí, aunque para los demás no lo sea...

Y miré a mamá y vi que tenía los ojos buenos, como cuando me quiere mucho, y sus manos suavecitas me pasaban por la frente...

–Tú no me mentirás a mí, mamaíta, ¿verdad? No me mentirás nunca.

Corte de pelo

Como no me consultan nada, siempre estoy desprevenida. Ayer me llamó Juana.

–Aquí está el peluquero.

Como es mamá la que siempre me iguala los rizos, y nunca viene el peluquero para mí, me quedé asombrada.

Un hombre muy feo, con un cartucho lleno de tijeras, me subió a la silla alta de comer.

–Ahora te estarás quietecita.

–Bueno.

Me puso un babero muy grande que me cubría toda, apretándomelo en el cuello como si me fuera a ahogar.

–Yo no quiero babero, que ya soy mayor.

–¡Estáte quieta! –dijo Juana, que siempre se ha de meter en todo lo que no le importa.

Entonces entró mamá.

–Quiero que le quede una melena cortita, con raya a un lado, para que este bucle le tape la frente.

–Bien, así lo haré.

Y el peluquero empezó «ris-ras, ris-ras», «ris-ras, ris-ras», y mis rizos se caían al suelo y rodaban por encima de mí.

Después me hizo agachar la cabeza, hasta dar con la barbilla en el pecho, mientras me recortaba el pelo de la nuca.

Pirracas vino a sentarse delante de mí, mirándome asombrada.

–¿Pero qué te están haciendo?

–Ya ves, una herejía. De pronto mamá, que estaba tan orgullosa de mi pelo, se ha aburrido de él y ha decidido que me lo quiten.

–No te dejes.

–Sí, sí... ¡Bonita es la gente mayor para llevarle la contraria!

–Pregunta por qué te pelan.

–Di, mamá, ¿para qué me cortan el pelo?

–Para que no tengas calor en verano.

–¡Ah! ¿Viene el verano?

–Sí. Y para que estés más guapa.

–¿Como María Luisa?

–Eso es, como María Luisa.

–¿Oyes, *Pirracas?* En cuanto acaben de arreglarme a mí, te cortaré el pelo para que no tengas calor y estés tan guapa como *Machaquito*, el gato de Solita.

El peluquero, que olía a un perfume muy raro y que me zarandeaba la cabeza como si no fuera mía, se marchó al fin, y cuando acabó, dijo: «Servidor de usted».

¡Qué tontería! ¡Menudo servidor, que me ha martirizado mil horas seguidas!

Yo busqué las tijeras grandes del cuarto de costura y cogí a *Pirracas.*

«Ris-ras, ris-ras», «ris-ras, ris-ras». ¡Cómo sonaban las tijeras! Igual que con el peluquero.

Pirracas se aburría porque tardaba; pero es que la gata tiene más pelo que yo.

Después pelé a Julieta y al *Teddy Bear*. ¡Viene el verano! Y quise pelar a Juana; pero se enfadó mucho y no conseguí cortarle más que una patilla.

La cocinera empezó a chillar cuando me vio con las tijeras, y miss Nelly llegó a punto para dar la lección.

–¡A estudiar, niña!

–Bueno, vamos a decir tonterías que no se entienden –y me fui con ella...

Al poco rato sonó en el pasillo un chillido horroroso, y miss Nelly y yo salimos corriendo.

–¿Qué pasa? –preguntó la miss.

–¡Ay, Dios mío, qué horror! –decía Juana.

–Pero ¿qué pasa?

–Un animal espantoso que está escondido debajo del armario grande.

–Será un ratón.

–No, no es un ratón. Es grande como un perro y tiene cuernos... ¡Ay, madre mía, que yo me muero!

–Pero ¿qué dice usted, mujer? ¿Cómo va a estar debajo del armario un animal tan grande?

–Pues sí, miss; sí está.

–Será la gata.

–No, no es la gata. Dios me perdone; pero yo creo que es el demonio.

–¡Oh, qué ignorancia! *¡Teguible* ignorancia la del pueblo español!

Miss Nelly aprovecha todas las ocasiones para insultarnos...

Todos nos pusimos a buscar el demonio; pero no lo pudimos encontrar... ¡Bien lo sentí! Me hubiera gustado que pareciera, para que rabiara miss Nelly.

Por la noche Juana andaba por el pasillo con los ojos espantados...

Hoy por la mañana he oído gritar a mamá:

–¡Jesús, Dios mío! ¿Qué animal es ése?

Y Juana, triunfante, ha aparecido en seguida.

–¡Ay, señora! ¡Yo también lo he visto ayer!... Es el demonio, señora. En mi pueblo ocurrió una vez un caso...

Pero no le han dejado contarlo. Mamá la ha mandado callar, y han sacado de debajo del armario a *Pirracas.*

Porque resulta que el animal con cuernos y tan grande como un perro que había visto Juana por la noche era la pobre gata, que, como está tan fea, le da vergüenza que la veamos, y anda escondida.

–¿Quién ha puesto así a *Pirracas*?

Yo me quise marchar a mi cuarto para evitar complicaciones; pero las garras de miss Nelly se me clavaron en el brazo.

–¿Ha sido usted, Celia?

–Sí, he sido yo, para que esté fresca en verano.

–Pero, hija, ¿estás loca? ¿No te ha dado lástima quitar a *Pirracas* su vestido?

–Para que estuviera como *Machaquito.*

–¡Qué tiene que ver un gato ordinario con una gata de Angora legítima!

–También a mí me cortaron los rizos para que me pareciera a María Luisa.

–La niña tiene razón –dijo papá–. Ella comprende que ha hecho mal, y no lo hará más; así como tú comprendes también que el privar a la niña de sus rizos no ha estado mejor...

Mamá se puso muy seria, y miss Nelly me llevó a mi cuarto.

–¡Oh! *What a spoiled child!*

El aeroplano pequeñito

Mi papá tiene un amigo que vuela; yo lo he visto. Va por el aire en unas alas grandes, como un «caballito del diablo».

Un día llamaron a la puerta, cuando papá no estaba.

–¿Quién ha venido?

–Ese señor amigo de tu padre, que es aviador.

–¿Y dónde está?

–En el despacho, esperando.

Fui a verlo para que me explicara cómo mueve las alas.

–Vienes a verme para que no me aburra. ¿Verdad, rica?

–Sí, señor...

–¿Cómo te llamas?

–Celia.

–¿Cuántos años tienes?

–Siete.

–¿Vas al colegio?

–Sí.

–Eres guapa.

–Pues antes era más guapa, porque tenía tirabuzones.

–¿A quién quieres más: a papá o a mamá?

–No sé.

–Yo te quiero mucho... ¿Vamos a ser buenos amigos?

–Bueno.

–¿Me quieres tú?... Ya verás qué buenos amigos vamos a ser... Vaya, vaya... ¿Y qué es lo que aprendes en el colegio?

–No sé.

–¿No sabes? Eres muy seriecita. Debes de ser muy buena, ¿no?

–No sé.

–¿Vas al colegio?

–Ya me lo has preguntado antes.

–¡Es verdad! ¡Ja, ja, ja, ja! ¡Qué graciosa! Vamos a ser muy amigos.

–Ya me lo has dicho otra vez.

–¿Sí? ¡Qué buena memoria tienes! ¡Y qué guapa eres!

–¡También me lo has dicho!

–¡Vaya por Dios! Es mejor que ya no te diga nada, porque, por lo visto, ya lo he dicho todo...

–¿Quieres que te pregunte yo ahora?

–¡Muy bien! Mira, eso me gusta más.

–¿Vuelas tú?

–Sí, hija.

–¿Cómo los pájaros?

–Igual.

–¿Y te cansas mucho?

–No, nada.

–¿Te caes muchas veces?

–¡No lo quiera Dios!

–¿Pero te puedes caer?

–Sí, me puedo caer y matarme.

–¿Y no tienes miedo?

–No, los hombres tienen que ser valientes.

–Yo también soy valiente.

–¿Quieres volar tú también?

–Sí, quiero volar como tú, y pasar por encima de las casas y decir adiós con el pañuelo...

–Pues se lo decimos a tu padre y un día te llevo conmigo.

–No, yo quiero ir solita.

–¿Quieres ser aviadora cuando seas mayor?

–No, ahora.

–Algo difícil me parece eso. En fin, ya veremos...

–Yo quiero unas alas pequeñitas para mí...

–Se lo diremos a tu padre...

–No, no, que no me dejaría... No, no le digas nada. Tú mandas que me hagan unas alas a la medida.

–Un aeroplano pequeño.

–Eso es. Luego me llevas allí lejotes, donde tienes el tuyo, y me enseñas a volar.

–Bueno, me parece muy bien. ¿Y qué harás volando, como tú dices?

–Pues iré como los pájaros, de un árbol a otro; me subiré a una torre y a una montaña muy alta y llena de nieve, donde viven las cigüeñas... Después iré por encima de las nubes y veré a las hadas que viven allí arriba, en unos palacios de nácar... Luego iré a la luna y me meteré por la boca hasta encontrar al viejo que lleva la leña...

–¡Caramba, qué imaginación! ¿Y es en el colegio donde aprendes eso de las hadas y del viejo de la luna?

–¡Quia! En el colegio no saben nada. Es en unos libros preciosos que yo tengo, donde lo explica todo. ¿Tú no los tienes? Pues, hijo, no te los quiero prestar, no sea que los pierdas; pero puedes venir un día y los leeremos juntos... Ya está aquí papá... ¡Chist! ¡No digas nada!

Después ha venido otras veces este señor que vuela, y siempre me ha dicho que me está haciendo un aeroplano para mí. Ayer lo encontré en el Retiro.

–¿Y el aeroplano?

–Ya está. Mañana iré a buscarte a tu casa para llevarte a volar...

–Oye..., ¿no me caeré?

–Hija, no sé... Es posible.

–¿Y qué me pasará si me caigo?

–Que te harás una tortilla.

–¿Y me moriré?

–Puede ser... Qué, ¿tienes miedo?

–¿Yo miedo? ¡Qué tonto eres! Yo soy muy valiente... Oye, si me mato, ¿me haré mucho daño?

–No sé. ¡Como yo no me he matado nunca!

–Y... ¿es mañana cuando tengo que volar?

–Mañana precisamente.

–Pues no va a poder ser, porque voy al colegio...

–No lo creas. Mañana es domingo.

–¡Es domingo! Pero mamá no me dejará salir de casa.

–Sí te dejará, si yo voy a buscarte. ¿Sabes que me parece que tienes miedo?

–Que no, que no tengo miedo... ¡Ya te he dicho que yo soy muy valiente!

–Pues, chica, no sabes lo bien que lo disimulas. Vaya, hasta mañana.

Este amigo de mi papá es muy bruto. ¡Mira que empeñarse en hacerme volar a mí solita para que me mate! Pues, no, señor; no volaré. ¡No faltaba más sino que yo me matara para darle gusto!... ¡Habráse visto qué hombre más malo!

–Di, mamá: si yo volara en un aeroplano, ¿me mataría?

–No, hija. ¿Por qué?

–Digo si volara yo sola.

–¡No digas bobadas! ¿Cómo ibas a ir tú sola, criatura?

–En un aeroplano pequeño.

–¡Vaya, ya estás soñando!... Pues te matarías.

–¿Y se acabó Celia?

–Claro. Se acabó.

–No, no; no vuelo. Ya lo he decidido. ¡Qué atrocidad! ¿Para qué querrá ese señor que me mate?

Hoy por la mañana ha venido a buscarme. ¡Qué miedo, Dios mío! Me he escondido en el armario, entre los vestidos de mamá...

–¿Y Celia? ¿Dónde está Celia? –he oído decir.

–¡Ay, Dios mío, que no está la niña! Pero si ahora mismo estaba aquí...

–Vaya, no hay que asustarse –decía papá–. Estará escondida en cualquier sitio. ¡Celia, hija mía, sal; no nos asustes!

Sí, sí. Corriendo iba yo a salir... ¡Para que me llevasen a volar!

–¿Dónde está la niña, miss?

–¡Oh, señora, no está en ninguna parte!

–Usted debe saber siempre dónde está –dijo papá muy enfadado.

Entre tanto, Juana, que me buscaba, dio conmigo.

–¡Aquí está, señora; en el armario grande!

–¡Tonta, no grites; déjame!

Mamá vino corriendo.

–Pero ¿por qué te has escondido?

–Déjame, mamaíta, déjame, que ese señor me quiere matar.

–¿Qué señor?

–El que vuela... Viene a llevarme para que vuele sola.

–¿Pero qué estás diciendo? ¡Sal ahora mismo, criatura!

–¡No, no, no!

–¡Jesús, qué loca!

Y se marchó a contárselo a papá, que estaba con el hombre malo.

Oí que hablaban y se reían, y papá vino a buscarme.

–Sal de ahí, mi niña.

–¿No se ha ido ese tonto?

–Tienes razón, tonto de remate. No hagas caso, hija; ha sido una broma de ese estúpido... ¡Cómo se conoce que él no tiene hijos!

Los planes de Antoñito

Algunos días viene Antoñito a comer con nosotros. Mamá advierte por la noche a la cocinera:

–Que salga todo abundante; no tengamos que recurrir a los fiambres como el otro día.

–No fue por mi culpa. La señora vio que había de sobra; pero ese niño come más que un sabañón...

–¿Qué está usted diciendo, mujer? Antoñito está muy débil y necesita alimentarse mucho; su madre me lo dice siempre.

–¿Débil? Perdone la señora, pero ¡cómo se lo había uno de figurar viéndolo tan gordo!

–¿Y qué importa eso? También su madre es gordísima y está anémica. Y su padre, el señor Ontoria, tiene que tomar alimento cada dos horas.

–¡Jesús, qué pena de familia!

La cocinera tiene razón, porque además de gordos parecen tontos... Mamá dice que se aburre en su casa.

–No sé de qué hablar; es una pobre señora que sólo se interesa por el precio de los comestibles.

–Ya lo sé, querida, ya lo sé –dice papá–. Pero su marido

es un buen hombre y persona influyente, con quien necesito tratarme.

Todo esto es muy aburrido, y mucho más cuando viene Antoñito y tengo que hablar con él hasta que salen los mayores.

–¿Qué estás haciendo, pequeña? –me dice, estirado como un señor.

–Ya ves, cosiendo los vestidos de mis hijas...

–¡Qué tonterías hacéis las niñas!

–¿Es tontería coser? Pues mi mamá también cose.

–¡Bah! Y la mía también. ¡Claro, las mujeres, ya se sabe!...

–¡Ay, qué tonto eres, hijo!

–¿Qué plan tienes para esta tarde?

–¿Qué dices?

–Que dónde vas a ir hoy.

–No sé; mamá lo dirá.

–Yo tengo «plan cañón». Los domingos me dan dos duros.

–¿Y te compras un cañón?

–¡Eres tonta, pequeña! ¡No se puede hablar contigo!

Y se pone a pasear muy nervioso por mi cuarto, sin hacerme caso.

El domingo mamá me premió por haber sido buena toda la semana.

–Esta tarde llevará usted a Celia al circo, con Finita y María Teresa –dijo a miss Nelly.

–¡Qué alegría! ¿Iremos pronto, mamita?

–Sí, muy pronto. Creo que la función empieza a las seis y media; pero a las cuatro saldréis para buscar a tus amigas.

Llegamos tan temprano, que aún no habían abierto las puertas del circo.

–Esperemos en un banco de la plaza –dio la miss.

–¿Y por qué no esperamos con toda la gente, para entrar al mismo tiempo?

–¡Oh, qué *teguible* niña, siempre queriendo mezclarse con gente ordinaria!...

Bueno, no quise discutir, y me callé.

Al fin entramos en el circo. Aún no habían encendido la luz y por el techo se metía la claridad de la calle.

La gente andaba por arriba buscando sitio y armando ruido de tablas. Después se quedaron quietos y empezaron a hablar todos a un tiempo. De pronto vi a Antoñito abajo, que buscaba silla para sentarse.

–¡Chist! ¡Chist! ¡Antoñito!

–¡Cállese, Celia! ¡No sea ordinaria! ¡Es muy feo llamar la atención!

Por culpa de miss Nelly, Antoñito se quedó abajo, en lugar de venir a nuestro palco. Todas mirábamos a Antoñito, que llevaba un sombrero nuevo de paja y un paquete grande debajo del brazo. ¡Se daba una importancia!...

–¿Qué lleva en ese envoltorio?

–El abrigo –dijo Finita.

–¡Serás tonta! ¡El abrigo va a llevar envuelto en un papel!

–Pues será la bufanda.

–O un cañón... Ya lo desenvuelve... ¡Son bocadillos! ¡Madre mía los que trae!

Eran bocadillos. Barritas de Viena con jamón, que asomaba por los bordes; con chorizo, con *foie-gras*, con queso. ¡Qué sé yo! Como había tantos, serían de todas las clases.

–¡Dos duros de bocadillos!

–Bien, señorita Celia; que no se hagan más comentarios...

Y, claro, nos callamos. La miss dice siempre lo último...

Antoñito estaba en una silla, donde daba toda la claridad del cielo. Puso el sombrero boca arriba, entre las rodillas, y echó dentro los bocadillos. Después dio un mordisco a uno y casi se llevó la mitad.

–¡Auuú! –dijeron arriba; pero Antoñito no se enteró, ni miss Nelly tampoco.

–Ha sido por él –dijo María Teresa.

–¿Ha sido por él? –preguntó Finita.

–Sí, sí –dije yo.

Antoñito, de otro mordisco, se comió la otra mitad.

–¡¡¡Auuú!!! –gritaron más fuerte; pero él siguió sin enterarse, mirando, entusiasmado, otro panecillo.

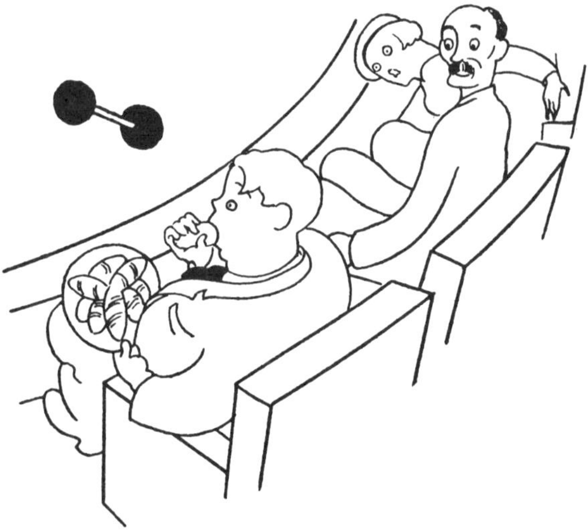

Volvió a dar otro mordisco.

–¡¡¡Auuú!!!

–¿Qué es eso? –preguntó la miss.

–Se lo dicen a Antoñito.

–¡Oh! ¡Qué mala educación! ¡Es *teguible!*

Él ya había dado otro bocado.

–¡¡¡Auuú!!!

Esta vez sonó como un trueno en todo el circo.

Antoñito miró a todas partes, y no creyó que era por él, porque escogió otro bocadillo, miró lo que tenía dentro y mordió la mitad.

–¡¡¡Auuú!!!

Ahora sí que se enteró, porque le vimos muy asustado y sin saber qué hacer... Al fin se comió la otra mitad.

–¡¡¡Auuú!!!

¡Dios mío, pobre Antoñito, qué asustado estaba!

Ya no volvió a comer más. Hizo como que los colocaba bien dentro del sombrero. No cabían, y se cayó uno...

–¿Convidas? –gritaron.

Se encendió la luz y vimos que todo el mundo le miraba. Entonces empezó a entrar gente, y un acomodador lo hizo levantar de la silla. Los bocadillos rodaron por el suelo.

–¡Aaaaaah!

–Miss, vamos a bajar por él. ¡Está muy asustado! ¡Vamos, miss!

–No es posible. Todo el mundo nos miraría...

–Un acomodador puede decirle que estamos aquí –dijo María Teresa, que, como es mayor, todo lo sabe.

Y vino, al fin, muy contento.

–Ven, Antoñito; verás qué bien vamos a verlo desde aquí. ¡No hagas caso de esos tontos!

–¡Caso yo! ¡Estás tú fresca!

–¡Ah! ¿Pero no estabas asustado?

–¿Yo?

–Oye. ¿Hoy era el plan de bocadillos?

–¡Bueno va! ¡Pero qué tontas sois las niñas!

Después empezó la función.

En el descanso vimos que estaba muy pálido.

–¡Ay, madre mía, no sé qué me pasa! Me ha debido de hacer daño la merienda... Todo me da vueltas...

La miss salió con él y lo mandó a su casa en un coche.

* * *

Hoy lo hemos encontrado en la calle.

–¿Estás mejor, Antoñito?

–Ya estoy bueno...; pero aburrido, en «plan ostra».

Y yo le he dicho a media voz:

–Pues, hijo, cómelas en tu casa, no te vaya a pasar lo que en el circo.

El milagro

Todas las tardes nos reuníamos en el gabinete de mamá para rezar.

La miss y yo repetíamos las palabras que mamá leía en un libro, porque estábamos haciendo una novena.

Después de rezar mucho rato, mamá decía:

–Pida cada uno la gracia que desee alcanzar.

Y repetía yo:

–Pida cada uno la gracia que desee alcanzar.

Hasta que mamá me dijo:

–Esto no se repite. Lo digo para que cada uno, al llegar aquí, pida a la Virgen lo que le parezca mejor.

–Y yo ¿qué pido, mamaíta?

–Puedes pedir que te haga buena.

Me pareció que eso no era pedir nada, y no lo pedí. ¿Qué me hacía a mí falta, Dios mío? ¡Ah, sí! Lo que yo necesitaba era un frasco cuentagotas. Hacía mucho tiempo que yo deseaba uno.

Siempre me están regalando muñecas, cocinitas, muebles para la casa, pero a nadie se le ocurre regalarme un cuentagotas, que es lo que quiero.

Mamá tiene uno. Cuando come echa en un poco de agua diez gotas de una medicina encarnada, que pone el agua muy bonita... ¡Si yo tuviera un frasco! María Teresa y yo habíamos hablado de ello.

–¿Tienes tú un cuentagotas?

–No.

–¡Qué bonitos son! ¿Verdad?

–Sí, muy bonitos.

–Si tuviéramos uno, echaríamos agua con mucho azúcar, y luego, cada vez que quisiéramos beber agua, pondríamos diez gotas de la del frasco...

–¡Es verdad! ¡Qué lástima no tenerlo!

Se lo pedí a papá el día de mi santo.

–Yo quería que me regalaras un frasquito como el que tiene mamá para la medicina.

–¡Qué tontería! Te compraré un coche para que lleves a tus muñecas de paseo. ¡Eso sí que te gustará! ¿Verdad, hijita?

Y, claro, me regaló el coche, que es precioso y que me gusta mucho; pero del frasco nadie se acordó.

Por eso, cuando mamá dijo que podíamos pedir lo que necesitáramos, yo pedí:

–Virgencita, lo que yo necesito es un frasco cuentagotas como el de la medicina de mamá.

¡Ahora sí que me harían caso! La Virgen sabe, de seguro, que lo que yo necesito es eso precisamente, y no que me haga buena, porque ya lo soy.

Se lo pedí dos o tres veces seguidas, y yo no hacía más que pensar cómo se las iba a arreglar la Virgen para dármelo... Hasta que una mañana vi encima de la mesa ¡el frasco cuentagotas! ¡La Virgen lo había puesto allí!... ¡Qué alegría!

Lo llevé a mi cuarto y lo llené de agua... Aprendí en seguida cómo había que poner el tapón para que el agua saliera gota a gota...

Y no dije nada a nadie. Serían capaces de creerse que no me lo había traído la Virgen. Sólo lo sabría María Teresa.

–¡Ya tengo el frasco!

–¡Qué bien! ¿Le has echado agua y azúcar?

–¡Claro!

–Pues ahora pondremos diez gotas en cada vaso de agua.

¡Madre mía, el agua que bebimos! ¡Estaba más rica! ¡Pero no daba color!

–Podemos teñir el agua con un papel encarnado. ¿Quieres?

María Teresa echó en el frasco un papel encarnado, y el agua se volvió roja. ¡Ahora sí que era de verdad como la medicina!

A mis hijas les echamos unas gotas para que lo probaran; pero como son pequeñas, se mancharon los vestidos, y hasta el suelo se ensució... Lo limpiamos con una servilleta y con mi vestido.

Cuando me acosté lo escondí debajo de la almohada. Pero Juana de todo se entera...

–¿Qué escondes ahí?

–Nada escondo.

–Sí, tú tienes algo debajo de la almohada.

–¡A ti no te importa lo que yo tengo!

–¡Qué bonito! ¿Qué habéis estado

haciendo tu amiga y tú que todo se ha llenado de pintura?

–¿Pintura? ¡Serás boba!

–Sí, pintura encarnada. Habrá traído tu amiga colorete de su casa. ¡Como su mamá se pinta!...

–Y tú también te pintas.

–¡Mentira! ¡Habráse visto niña más descarada!

Pude esconderlo bien y nadie lo vio.

Me hubiera gustado estar todo el día contando las gotas que caían una a una; pero para eso necesitaba estar sola, y ni Juana ni miss Nelly me dejaban en paz.

Por la tarde se pusieron a reñir.

–¿Por qué no me ha traído usted lo que le dije?

–Porque no me dio usted el frasco.

–Sí, se lo he dado a usted. Lo dejé en la mesa del pasillo.

–No, señora; no lo ha dejado usted en ninguna parte. Lo tendrá en su armario, que parece un nido de monas.

–¡Oh, qué ordinaria!

Juana se puso como un demonio.

–¿Qué me ha llamado usted? ¿Pero es que se ha creído que yo voy a consentir que me insulte? ¡Pues no faltaba más!

Mientras, yo estaba pensando que el frasco que yo tenía era seguramente el de la miss. Pero no me importó. Yo no se lo había quitado. Se lo pedí a la Virgen y me lo dio; eso es la verdad.

Tanto gritaron, que mamá vino a saber lo que ocurría.

–Usted, miss, ¿está segura de que el frasco se quedó encima de la mesa del pasillo?

–Sí, señora; segura del todo.

–Y usted, Juana, ¿no lo ha visto?

–No, señora. Como que no está.

–¿Ha preguntado a la cocinera?

–Sí, señora, y tampoco ha visto nada.

¡Ay, Dios mío!... Mamá me miraba a mí...

–Y tú, Celia, ¿has visto el frasco que dice miss Nelly?

–Yo..., mamaíta... Yo, cuando hicimos la novena..., pues tú dijiste que cada uno pidiera lo que necesitara...

–Vaya. Bueno. Lo tienes tú...

–Verás... Pues yo le dije a la Virgen que lo que yo necesitaba era un frasco cuentagotas.

–Y se lo has quitado a la miss. ¡Muy bonito y muy piadoso!

–¡No, mamá, no; yo no se lo he quitado!...

–¡A callar! Dame ahora mismo el frasco... ¡Dios mío qué niña! ¿Pero tú sabes lo que has hecho? Los que cogen lo que no es suyo roban, son ladrones...

¡Ay qué pena, no me querían oír!

–¡Mamaíta, que no, que no se lo he quitado, que es la Virgen la que me lo dio!

–¡Jesús, hija mía! ¿Serás capaz hasta de meter a la Virgen en tus trapisondas? Trae el frasco y pide a Dios que te haga buena, que bien lo necesitas...

¡Mamá es un hada!

Mi mamá es muy guapa, más guapa que todas las mamás del mundo, y tiene la voz distinta a todas las señoras.

Además huele muy bien, huele como nadie, y tiene el pelo rubio y brillante y las manos blancas y suavecitas. Cuando me duele la cabeza o tengo fiebre, mamá me pone una de sus manos en la frente, y como las tiene siempre frescas, el dolor de cabeza se me quita y me quedo dormida.

Yo no sabía por qué me pasaba eso; ahora ya lo sé. Algunas noches me despierto cuando he dormido mucho y oigo ruido de pisadas en los pasillos.

Entonces me siento en la cama, y a la luz de la lamparilla veo que se abre la puerta de mi alcoba y entra un hada.

¡El hada es mamá!

Va vestida de gasas blancas, lleva collares de perlas y zapatos de plata... En fin, como las hadas.

Viene de puntillas, y se acerca, sonriente, a mí.

–¿Estás despierta, vida mía?

–Sí.

–¡Hija de mi corazón! ¡Duérmete, que es muy tarde!

–¡Mamaíta!

–¿Qué quieres, cielo? No te duele nada, ¿verdad? ¿Has bebido la leche? ¿Has rezado? ¿Sueñas con cosas bonitas? Anda, anda a dormir, que los ángeles te están esperando.

Y me arregla la ropa, me aparta los rizos de la frente y me pasa las manos por los ojos... Después se va, dejando toda la habitación con olor a flores.

A esa hora viene mamá del jardín de las hadas, donde ve a los ángeles, que le dicen que me están esperando. ¿Cómo lo sabría si no?

Yo no he preguntado nada; quiero que vea mamá que yo sé guardar un secreto y que nadie más que papá y yo lo sabemos.

Algunas veces, cuando mamá está seria, pienso: «¿Creerá que lo he dicho?». ¡Oh, no, mamita, no! Yo no digo nada. Ya sé que esas cosas no se pueden decir, porque ocurriría una catástrofe.

¿Pero por qué se ponen serias las personas mayores? A veces ando aburrida por los pasillos y nadie me ve de serios que están. Juana pasa por mi lado canturreando y sin mirarme; papá sale de su despacho, serio, serio, y no me mira; entro en el gabinete de mamá y veo que está cosiendo o leyendo, y tampoco me hace caso.

¿Ya no me querrá nadie?

–Mamita, ¿me quieres?

¡No me contesta!

–¿Me quieres, mamita?

–Sí, hija, sí; te quiero. Dame un beso.

Y me besa de prisa y se queda seria, y vuelve a leer o a coser, sin decir nada.

¡No me quiere ya! Pero, Dios mío, ¿qué he hecho yo para que no me quiera? En los cuentos son las madrastras las que no quieren a las niñas, pero las mamás siempre las quieren.

–Mamita, ¿me quieres?

Mamá me mira y le veo en los ojos que no me ve.

–¿Me quieres, mamita? ¡Di! ¡Mamita! ¡Mamita! ¡Mamita! ¡Mamita! ¿Me quieres?

–¡¡¡Sí!!! ¡Te quiero! ¡Te quiero! ¡Te quiero! ¡Jesús, qué criatura!

–¡Así no, mamita, así no! ¡Dímelo con cuidadito!

Y mamá se echa a reír y me besa, me besa en la frente, en los ojos, en el pelo, hasta hacerme daño... ¡Pero no me importa! Ahora veo que mamá me quiere, y me mira, y me ve, y sabe lo que le digo.

–¿Me llevarás contigo de paseo?

–Sí, te llevaré si eres buena y te estás en tu cuarto calladita, jugando con tus muñecas mientras acabo lo que estoy haciendo.

–Yo no diré nada, mamita; te aseguro que no diré nada.

–¿De qué no dirás nada?

–Pues de eso...

–¡Jesús, Dios mío, en qué bobadas estarás pensando! Anda, anda, a ser buena y a no pensar tonterías...

Algunas veces salgo con mamá a la calle, de compras o al médico, porque cuando vamos con papá, siempre es de paseo y vamos en el «auto».

Con la miss sólo voy al Retiro. Tengo miedo de cruzar las calles con ella.

De la mano de mamá nunca tengo miedo. A mamá no la puede coger un coche. Ella sabe cuándo hay que pararse y cuándo hay que andar más deprisa o más despacio... y además ella es un hada...

Pero hoy por la mañana hemos salido. Yo iba cogida de mamá y cruzamos una calle muy ancha que no tiene guar-

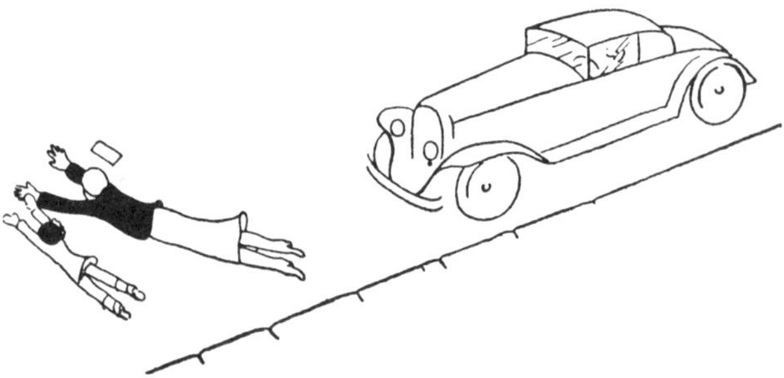

dia de la porra. Mamá andaba, y yo con ella, sin mirar a ninguna parte... De pronto oí un grito y nos caímos...

Vino gente, nos preguntaron cosas, un guardia escribió en un papel lo que decían... y, al fin, pasó un «taxi» y mamá y yo, llenas de barro, subimos a él.

Mamá se puso a decir muy nerviosa:

–¡Ay, Dios mío, qué aturdida soy! ¡No sé cómo no nos ha matado!

–¿Quién?

–El coche. ¿No lo has visto? ¡Ha parado encima de nosotras!

–Yo no he visto nada. Pero no, no puede ser... Dime, mamaíta: ¿a ti te puede coger un coche?

–¡Claro! Si me descuido como hoy, me puede matar por distraída, como a todo el mundo.

–¡Ah! Yo creía... ¡Como eres un hada!...

–¡Un hada! ¡Dios mío, qué novelera eres!

«Dalila»

En nuestra casa del pueblo tenemos una perra que ha nacido allí. Se llama *Dalila*.

El domingo estuvimos en la Sierra. Fuimos y vinimos en el tren, porque el «auto» está estropeado.

Cuando nos vio *Dalila* creíamos que se volvía loca.

–¡Quita! ¡Quita! ¡Fiera! ¡Que me vas a tirar!... ¡No me lamas la cara!... ¡Quita!

Al fin se enfadó papá con ella, y gracias a eso pudimos comer y hasta pasear sin que *Dalila* me pusiera las patas en los hombros.

Cuando vio que nos volvíamos a Madrid, lloraba de un modo que daba lástima.

–Papá, que venga con nosotros...

–No puede ser, hija. Ella está acostumbrada a estar todo el día en el campo y no podría resistir verse encerrada.

–¡Anda, papaíto, mira cómo llora!...

–Ya lo veo... No sé qué hacer...

–¡Que venga, papaíto, que venga con nosotros!

–¡Bueno! La llevaremos. Con tal de que luego no nos pese...

Por eso la trajimos. Al ver que nos la llevábamos se puso muy contenta; pero luego no quería subir al tren, de miedo que le daba... Al fin, con el rabo entre piernas, se agazapó debajo del asiento y no se movió hasta Madrid.

Cuando llegamos a la estación ya era de noche, y había mucha gente que iba y venía de un lado para otro.

–No te asustes tú, *Dalila*. En Madrid la gente está loca y corre sin saber adónde va; pero no hacen nada...

¡Dios mío, qué asustada estaba la perra!

Al salir del andén, en la puerta había un negro con un abrigo al brazo. *Dalila* dio un ladrido espantoso.

–¡Que no es nada, *Dalila*! ¡Que es un pobrecito negro que está esperando a su amo!...

–¡Guau! ¡Guau! ¡Guau!

–¡Calla! ¡Chist!

–¡Guau! ¡Guau! ¡Guau!

El negro chillaba muy asustado; papá sujetaba a la perra y daba voces para hacerla callar, y ella ladraba cada vez más furiosa.

¡Qué escándalo se armó! Vino mucha gente; todos hablaban a un tiempo; mamá se agarraba a papá; yo lloraba...

Al fin nos buscaron un «taxi» y subimos a él con la perra, que no podía respirar de enfadada que estaba...

–¡Tranquilízate, pobrecita! ¿Es que tú no sabías que hay negros? ¡Claro! ¡Qué ibas a saber en la Sierra de esas cosas! Tú te figurabas que todos los hombres eran como el tío Pascasio... Pues no, hija, no; aquí los hay de todos colores...

–¿Pero qué le estás diciendo a la perra? Déjala en paz. Conviene que se dé cuenta de que ha hecho mal en armar ese escándalo, para que no lo vuelva a hacer –dijo papá, que la miraba muy serio.

Al otro día, papá y yo la llevamos de paseo al campo. ¡Estaba más contenta!... Iba y venía, corría y se daba cabezadas contra mí.

Cuando volvíamos por las calles, tenía sed y buscamos una fuente. La encontramos en seguida; pero las fuentes de las calles tienen una rejilla por donde se va todo el agua, y *Dalila* no podía beber... ¡Empezó a dar unos aullidos!...

–¡Cállate y no escandalices!

–¡Guau! ¡Guau! ¡Guau!

–¡A callar!

–¡Guau! ¡Guau! ¡Guau!

–¡Válgame Dios, qué animal más estúpido!

–*Dalila* tiene razón, papaíto. Es que dice que son muy malos los que hacen fuentes donde no pueden beber los perros. En la Sierra, en todas las fuentes se puede beber...

–¡Cállate tú también, que me vais a volver loco entre las dos!

La pobre *Dalila* bebió al fin, dando lametazos al chorro y llenándonos de agua a papá y a mí hasta la cabeza.

Al llegar a la Gran Vía, esperábamos para cruzar la calle, cuando *Dalila* se encaró asombrada con el guardia de la porra. ¡Dios mío, qué manera de ladrar!

El guardia, horrorizado, la amenazaba, y ella parecía que se le iba a tirar al cuello.

¡Claro! ¡Nunca había visto a nadie vestido de ese modo!

Papá la sujetaba por el collar... La perra daba unos saltos y unos gritos como si se hubiera vuelto loca...

–¡Vámonos, papaíto, vámonos! –decía yo, tirando de él.

Pero empezó a arremolinarse gente. El guardia gritaba, papá gritaba y *Dalila* gritaba más que nadie.

Cuando acabó el alboroto, papá había perdido el sombrero, el guardia había escrito no sé a quién y la perra se ahogaba de fatiga...

–¡A casa con este energúmeno! –dijo papá–. ¿Ves tú lo que ha ocurrido por darte gusto? Este animal está en estado salvaje y no puede salir de sus riscos...

–¡Pero, papaíto, si tiene razón la perra!

–Es posible... Pero a su pueblo, a su pueblo con su razón, y que nos deje tranquilos...

Habíamos llegado a una pastelería, y *Dalila* se asomó de patas al escaparate, creyendo que no tenía más que alargar el hocico para comerse un pastel.

–¡Sí, sí! ¡Como que lo vas a coger! ¿No ves que hay un cristal, so tonta? En tu pueblo no hay escaparates, ¿verdad?

Pero *Dalila*, que veía tan cerca los pasteles, golpeaba con el hocico el cristal, sin comprender tantas cosas raras como ocurren aquí.

Una de las veces que chocó contra el cristal sonó un chasquido y apareció una raya de arriba abajo... Salió el dueño en seguida; traía un palo y quiso pegar a la perra... Papá gritó, lo insultó el tendero, yo lloré, llegó gente y nos llevaron a la cárcel...

No sé si era la cárcel. Había guardias y era una casa muy fea y muy sucia...

–¡Vámonos de aquí, papá!

–No puede ser, hija. Ahora avisaré por teléfono a casa para que vengan a buscarte.

–¡No quiero, no quiero que te quedes tú en la cárcel, papaíto!...

–¡Vamos, bobita, si esto no es la cárcel! En seguida voy yo. Pero antes, en cuanto salga de aquí, me iré en un coche a la estación a llevar este basilisco a su tierra... Y ya no se te volverá a antojar que la traigamos a Madrid.

–No, papaíto, no. ¡Qué le vamos a hacer! Yo te prometo...

La perfecta Florita

Ahora voy al Retiro con la miss todas las mañanas. Llevo pan para los pajaritos, y todos me conocen.

Yo también los conozco. *Nicolasa* es una pajarita parda con una mancha oscura junto al pico. Viene en cuanto la llamo. «¡Pi, pi, pi!» Coge una miga y se marcha volando por entre los árboles. En seguida vuelve y se lleva otra; y hasta que no se ha llevado cinco no come ella.

–Miss, *Nicolasita* tiene cinco hijitos en el nido.

–¿Quién se lo ha dicho?

–Yo que lo sé.

–¡Oh! Las niñas no se fijan en eso.

–Peor para las niñas...

Miss no entiende nada, no sé si por ser inglesa o por ser mayor que yo.

Me gustaría tener una amiga en el Retiro, pero mamá no quiere que juegue con nadie que no conozca.

Ayer, después de dar el pan a los pajaritos, me senté en el banco, aburrida.

–Vamos a casa, miss.

–No, es pronto... Mire allí quién viene...

Por el final del paseo venía una señora gorda, un señor con unos pelos muy largos en la cara, una miss y una niña.

–No los conozco.

–¡Pero yo sí! Es miss Donand... Ahora conocerá usted a Florita, una niña perfecta.

–Será muy aburrida.

Llegaron a nuestro banco. Miss Nelly saludó a la otra miss, y la señora dijo:

–Quédese con su amiga, miss. Así Florita jugará con esta niña, y después irán ustedes a encontrarnos al coche.

El papá se quitó el sombrero para limpiarse el sudor, y vi que el pelo que todos tenemos en la cabeza él lo tenía en los carrillos... ¡Qué atrocidad!

La inglesa se puso a hablar con la miss, y yo con Florita.

–¿Traes pan para los pájaros?

–Yo no. ¿Y tú?

–Sí, ya se lo he dado.

–Yo se lo daba en París. ¿Has estado tú en París?

–No.

–¡Ah! ¿No? Entonces, ¿de dónde te han traído a ti?

–No sé.

–A mí me han traído de París, como a mi hermanito y como a mi muñeca grande. ¡Todo lo traen de París!

–Menos a Juana, que vino de Yepes.

–¿Quién es Juana?

–La doncella.

–¡Bah! ¡Es distinto!

–Y a miss Nelly, que vino de Londres.

–Porque es inglesa. Pero a las niñas «bien» las traen de París.

–Yo no soy niña «bien».

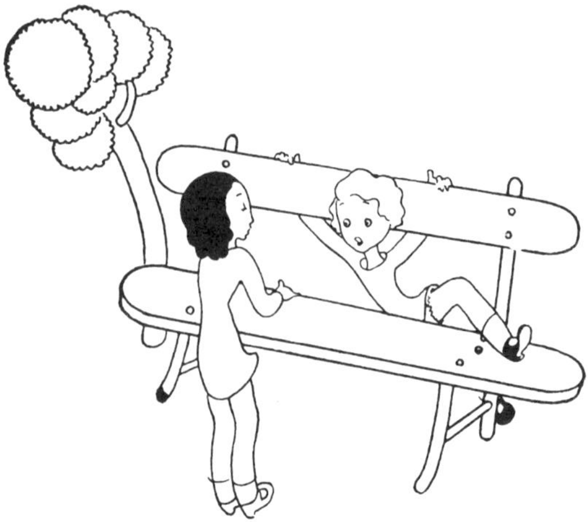

–¿Pues quién eres?

–Celia.

–¿Qué es tu papá?

–No sé.

–¡Ah! ¡Entonces!... El mío es general.

–¿Qué es eso?

–El que manda más.

–Mi papá también manda.

–¿En quién? Mandará en ti.

–Y también en unos señores que escriben en el despacho grande.

–Escribientes serán. Mi papá manda en toda la gente, en todos los guardias y en todos los soldados.

–¿Y también en *Nicolasita?*

–También; manda en todos.

–¡Qué pena! Yo creí que en *Nicolasita* no mandaba nadie.

–Mi papá tiene un coche grande y criados con galones.

–¿Qué son galones?

–Cintas de oro.

–Y tú, ¿tienes galones?

–¿Yo? ¡Qué tonta! Yo tengo juguetes, muñecas y una casa entera... ¡Mi papá es muy rico!

–Y el mío más. En un armario que se llama el archivo tiene montones de billetes así de altos, atados con cintas...

–¡Huy, qué mentira! –Y Florita fue riéndose a contárselo a su miss.

–Esta niña es muy embustera. Dice que su papá tiene montones de billetes...

–¡Oh, Celia! ¡Qué conversación tan impropia de una señorita!

–Pero, miss, si es que ella me dice...

–¡Chist! *Shocking.*

¡Vaya una niña tonta que es Florita! No hablaría más con ella...

Me senté en un banco que estaba lejos, y empecé a cantar:

Baa! Baa! Black Sheep
Have you any Wool?

–¿También tú sabes la canción de la ovejita negra? –dijo Florita.

–Sí; me la ha enseñado mamá.

–¿Tú mamá sabe inglés?

–Y francés. Y también italiano, y música, y todo... Mi mamá sabe todo. ¡Es un hada!

–Pero mi mamá es más gorda.

–Bueno, que lo sea.

–Y mi papá tiene barba...

–¿Qué es barba?

–Pelo en la cara, ¿no lo has visto?

–¡Ah, sí! Que el pelo de aquí lo tiene aquí.

–¡Tonta! ¡Estúpida! ¡Esta niña es idiota!

–Y tú una acusona...

Ya no pensaba hablar más con ella, cuando vi a mamá que venía hacia nosotras.

–¡Mamá! ¡Mamaíta!

–¡Hija mía! ¿Es amiga tuya esta niña?

–No. Es amiga de miss...

–Y tuya también, ¿no?

Mamá y yo fuimos al banco donde estaban las dos inglesas, y Florita se puso a mi lado.

–Tu mamá se pinta –me dijo al oído.

–¡Mentira! ¡Y tu mamá es un pato!

–Y la tuya una negra.

¡Dios mío! Yo no sé lo que pasó, pero me encontré en el suelo con Florita encima de mí, arañándome y queriéndome sacar los ojos; yo le tiraba de los pelos, mamá nos separaba y miss chillaba no sé qué...

Aún tengo la cara llena de arañazos que me escuecen.

–Mamá, Florita es una niña loca; yo no quiero verla más.

–Sí, un poco loca me ha parecido; pero tú, ¡qué embustera te estás haciendo, hija mía!

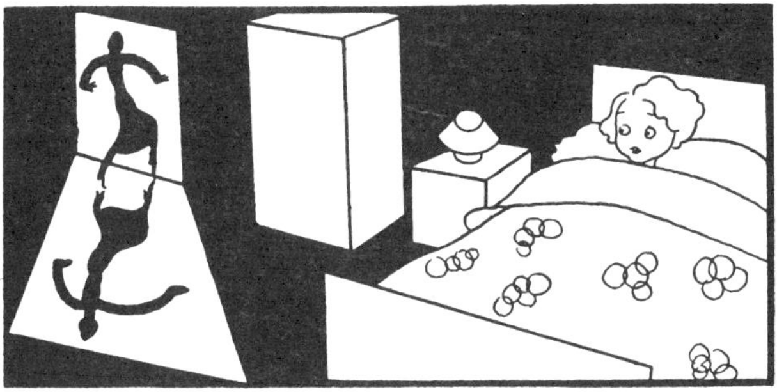

¡Ha llegado el niño!

Hace calor y nadie dice nada de marcharnos.

–¿Cuándo nos vamos a San Sebastián, papaíto? Ya es verano.

–Ya lo sé, pero estamos esperando un niño que nos van a traer, y no podemos ir hasta que venga.

–¡Qué rabia! ¿Y cómo es ese niño?

–No sé, hija. Mamá pregunta qué te gustaría más: niño o niña.

–Mira: si a mamá no le importa, yo preferiría un perrito pekinés.

–¡Qué disparate! Eso no es posible...

–¿Por qué? ¿Qué más da?

–Porque un perro no nos hace ninguna falta.

–Ni un niño tampoco... ¡Mira que traer a esta casa un niño, con lo bien que estábamos así!

–No seas tonta; ya verás cómo te gusta tenerlo. Será como una de tus muñecas, sólo que en lugar de ser de trapo, será de carne. Moverá las manitas, se reirá y en seguida empezará a decir cosas.

–Entonces, ¿lo traerán para mí?

–Sí, para ti. Tú, que eres mayor, serás su madrecita; le cantarás y le enseñarás a hablar; y él te querrá mucho y te conocerá antes que a nadie.

–Bueno, puedes decirle a mamá que prefiero un niño, pero que es para mí y que voy a regalar todas las muñecas a Solita, porque ya no las quiero.

–Eso no me parece bien. ¿No decías que eran tus hijas?

–Pero era de mentirijillas...

–Sin embargo, como las has querido como si lo fueran, me parece una maldad echarlas de casa ahora que no las necesitas. Es como si, porque va a venir el niño, ya no te quisiéramos a ti.

–Bueno, pues las guardaré en una caja.

Esta mañana me he despertado muy temprano. Andaba gente por la casa, y miss Nelly había salido del cuarto, de puntillas, cuando era todavía muy de noche.

He escuchado un rato y no oía nada... De pronto he oído hablar a don Antonio, el médico.

¡Pero si yo no estoy mala! ¡Si no me duele nada! ¡Ay, Dios mío! Eso es que me van a purgar...

Han andado por el pasillo, y luego he sentido abrir la puerta de la calle. ¡Don Antonio se iba!... Lo he oído hablar en la escalera y reír muy contento. ¡Claro, él siempre está contento! ¡Como no tiene que tomarse las medicinas!

Papá ha dicho algo y se ha metido en el despacho. No se oía nada. Todos estaban durmiendo, menos la miss, que se había levantado y estaría revolviendo mis juguetes...

De pronto, muy lejos, oí llorar a un niño chiquitín. ¿Será...? Sí, sí; sí es... ¡Juana, Juana! ¡Mamá!

–¿Te quieres callar? ¿Qué modo de gritar es ése? ¿No sabes que es muy temprano? –dijo Juana entrando.

–¿Han traído el niño? ¿Di? ¿Lo han traído ya?

–Sí, ya ha venido; y muy hermoso que es...

–¿Quién lo ha traído, di?

–No sé. A mí me parece que don Antonio, pero yo no he visto nada. ¿No ves que era muy de noche?

Entonces entró la cocinera secándose las manos con el delantal como hacía siempre.

–¡Ya tienes un hermanito! ¡Y con unos pulmones que me río yo!

–¿Quién lo ha traído?

–¡Vaya usted a saber! Me parece que ha venido en una caja de pasas que me va a servir para encender la lumbre.

–¡Yo lo quiero ver! ¡Mamá!

–¡Cállate, no escandalices! ¿No ves que es muy temprano?

–¡Me quiero levantar!

–Sí, para corretear por toda la casa, despertar al niño y volvernos locos a todos...

–¡Que venga mamá!

–La que va a venir es la miss para hacerte callar. Hoy no te va a dejar abrir el pico.

–¿Por qué?

–Porque no. Tienes que estar como en misa...

Ya estaba yo desesperada, cuando llegó papá.

–Qué, ¿ya sabes la noticia?

–Sí. Dime, papaíto: ¿qué dice? ¿Cómo es? ¿Quién lo ha traído? ¡Yo me quiero levantar!

–Lo primero es que te estés quieta... Si no, me voy y te quedas sin saber nada.

–¡No, papaíto, rico! Dime: ¿quién ha traído al niño? Juana dice que don Antonio...

–Juana no sabe lo que dice... Ahora el niño se ha dormido, porque está cansado...

–¿Qué dice?

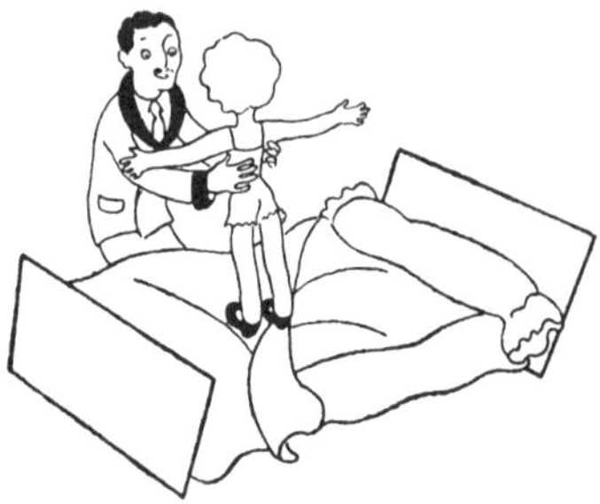

–No dice nada, porque no sabe hablar... Es rubio y tiene los ojos azules como tu madre... Ya lo verás... ¡Es más gordito!... Si prometes ser buena, te vestiré y juntos iremos a verlo.

–Que venga mamá.

–Eso no puede ser. Mamá tiene un dolor de cabeza muy fuerte y no se levantará en todo el día... El niño está con ella... Vaya, ¿quieres que te vista?

–¡Si tú no sabes!

–Tú me ayudarás... Miss Nelly está en el baño, y si viene no consentirá que te levantes tan temprano...

–¡Ah, bueno! Vamos, anda, papaíto.

Entre los dos, muy deprisa, para acabar antes de que viniera la miss, volvimos los calcetines, buscamos las zapatillas, y papá me los iba poniendo... ¡Qué mal! El vestido me lo puso del revés.

–Pero, papaíto, ¡si esto es del otro lado!

–Bueno, no importa. ¿Qué más da? ¡Casi es más bonito así!... Ahora, callandito, al cuarto de tu madre...

Entramos y no se veía nada... Una mujer que yo no conozco abrió un poco las maderas del balcón. Entonces vi a mamá que me miraba.

–¡Mamaíta!

–¡Hija de mi vida! Acércate. ¿Quieres ver al niño?

–Sí, dime: ¿quién lo ha traído?

–No lo ha traído nadie. Ha venido solo...

–¿De dónde ha venido?

–¿No ves que es un ángel? Pues ha venido del cielo.

–¿Es como el ángel de mi cuarto? ¿Tiene alas?

–No tiene alas porque se le han caído; pero es muy guapo...

–No te muevas –dijo papá–; yo se lo enseñaré.

–¿Tiene una estrella en la frente, papaíto?

Papá cogió un montón de ropa blanca y vino conmigo hasta el balcón.

–¡Míralo!

–¡Dios mío, qué feo es este ángel!...

El centro de la tierra

Este año hemos venido al Sardinero, y todo el día estamos en la playa.

Miss Nelly se fue a Londres. ¡Qué alegría! Y no sé cuándo vendrá. He preguntado cuándo es Pascua y cuándo Navidad, porque Mambrú, que se fue también, tenía que volver en ese tiempo. Y se han reído de mí. ¡De todo se ríen!

Voy a la playa con el ama de Baby, mi hermanito, que ya es más guapo, pero no tanto como un ángel, aunque mamá diga otra cosa.

El ama conoce a todas las amas del mundo, y en cuanto llegamos a la playa, ya hay un corro de amas y niñeras con nosotros.

Yo hago flanes de arena, sin alejarme mucho, porque me lo han prohibido, y oigo las tonterías que dicen las amas.

–¿Has tenido carta del pueblo?

–Tuve. Casóse la Colasa y la Cereza murióse.

–¡Qué desgracia, mujer! Cuando escribas darás expresiones y dirás que he sentido mucho lo de la vaquilla...

¡Nunca entiendo si hablan de la vaca o de su hermana!... ¡A lo mejor serán también las vacas hermanas suyas!

Ayer decía un ama:

–La cocinera nuestra está siempre de «bureo». Hoy me dijo que se iba a Islandia.

–¿Qué es Islandia? –preguntó otra.

–No sé.

Pero yo, que sí sé lo que es Islandia, porque papá me ha leído este invierno un libro que se llama «Viaje al centro de la Tierra», se lo expliqué todo.

–¿No sabéis lo que es Islandia? Pues Islandia es una isla muy grande, que está en medio del mar.

–¿Como Cuba?

–Sí; pero en el mar de Islandia hace mucho frío y van nadando por el agua pedazos de hielo.

–¡Para este tiempo lo más propio! ¡Si la cocinera es muy «cuca» y sabe lo que se hace!

–Si me escucháis os lo contaré todo: en Islandia hay una cueva por donde se baja al centro de la Tierra. Por allí bajaron Hans y su tío, que era un sabio muy gruñón, y estuvieron bajando muchos días...

–Será una mina...

–No sé. Pero bajando, bajando, llegaron a un bosque de hongos tan altos como Piquio, y allí encontraron dos lunas muy brillantes y un mar pequeño, y de repente se armó una tempestad cuando estaban embarcados... También había pájaros muy grandes que chillaban, y un hombre grandísimo que estaba desnudo entre los hongos...

–¡Sería el diablo!

–No, era Adán, que vive allí todavía. Mi papá me lo leyó. Decía que era el hombre primero o el primitivo, o qué sé yo... Bueno: Adán era...

–¡Jesús, qué cosas! Nunca había oído esto.

–¡Escucha, mujer, por tu vida, lo que la niñina nos cuenta!...

Y cada vez fueron llegando más amas y niñeras, y me lo hicieron repetir muchas veces con todos los detalles. Algunas no lo creían.

–¡Eso será o no será!

Pero las que lo oyeron las primeras se lo explicaban a su gusto.

–Sí, mujer, sí; es verdad. Es un tío de la niñina, que tiene muy mal genio, el que lo ha visto, porque ha estado allí.

–¿Y vio a Adán? ¡Madre de Dios, qué miedo! ¡Puede ser que si hubiera ahondado más llegara al infierno! Y la pobre Eva, ¿dónde estaba?

–No sé. A mí no me han contado más.

–¿Y dónde hay que ir para ver eso?

–Pues a Islandia, una isla muy grande.

–Allí es donde va a ir la cocinera de casa.

–¡Ay, mujer! ¿Verá a Adán?

–¡Ya lo creo que lo verá! ¡Buena es ella para dejarse nada por ver!

–¿Está lejos esa Islandia?

–Muy lejos –expliqué yo–. Hay que ir en un barco que tarda muchos días en llegar.

–¿Estás segura? Pues la cocinera ha ido esta tarde y tiene que estar en casa pronto para hacer la cena...

–¡Pero, mujer, si Islandia es un bar que hay en el astillero! –dijo una niñera–. Yo he estado allí un domingo...

–¡Anda! ¡Y yo que me había creído lo de Adán! ¡Mira, mira qué embustera es la pequeña, y parecía una coitadiña!...

–¡Tú sí que eres embustera y tonta!

Me puse furiosa con todas. Ellas se reían de mí, y yo acabé llorando y pegándoles patadas.

Cuando llegamos a casa, mamá me llamó:

–Dime, hija: ¿quién es ese tío tuyo que ha visto a Adán en una cueva? Naturalmente, las pobres amas no creen tus mentiras, y tú les pegas. ¡Muy bonito! Si no vuelve pronto mis Nelly, habrá que pensar en otra institutriz... ¡Válgame Dios, qué criatura!

El baño y el bañero

Yo no quiero bañarme en el mar, mamita. Te prometo dejarme restregar en la bañera y no llorar, aunque me hagan daño... ¡Pero en el mar, no!

¿Tú no sabes que el agua está muy fría y es amarga? Además, hay muchos bichos en el fondo. Yo siento correr los peces alrededor de mis piernas; y las algas, esas cintas sucias que el mar echa fuera, se me envuelven en los pies, y los cangrejos me pellizcan los dedos...

El bañero, ese que tiene los ojos atravesados, es un hombre muy malo y se ha empeñado en ahogarme... Dice: «Aquí ahogo yo a todas las niñas malas», y yo no sé qué decirle para que vea que soy buena...

Ya sé que en el fondo del mar hay un palacio de diamantes donde viven las sirenas; pero eso debe estar por el otro lado... Aquí no hay más que bichos y algas...

–¿Has concluido ya, parlanchina?

–Sí; pero yo no quiero bañarme en el mar, ¿sabes, mamita? No quiero...

–Bueno; pues, a pesar de todo, te bañarás; no hay más

remedio. Ya me ha contado el ama el espectáculo que has dado en la playa todos estos días...

–¿Qué espectáculo?

–Empezabas a correr a la hora del baño, y el ama detrás, y tú delante, recorríais las tres playas... Cuando estabas lejos, te ponías de rodillas, ¡pero qué cómica eres, hija mía!, para decir a gritos: «¡Mañana, sí; hoy, no!».

–Sabes..., como es tan tonta no podía explicarle lo que te he dicho a ti...

–Y ahora te llaman todos los de la playa «Mañana, sí».

–No me importa.

–Bien; pues mañana es hoy, ¿sabes, hija? Y hoy te bañarás... El bañero es un buen hombre, que no hace otra cosa más que cuidar de ti... Y en el mar no hay peces que te piquen los pies... Todo eso son fantasías tuyas.

–¡Sí, sí! ¡Fantasías! Cuando me ahogue y me coma un bacalao, entonces llorarán y ya no tendrá remedio. «¡Pobrecita Celia!», dirán...

–Pero ¿estás llorando, criatura? Vamos a ver: ¿por qué lloras?

–Porque me había ahogado.

–¡Jesús, qué criatura más absurda!

Mamá fue con nosotros a la playa, y desde entonces me baño todos los días. He aprendido a bañarme de un modo maravilloso; pero el bañero está muy enfadado conmigo.

–¿Cómo te bañas tú, niñina –dice el ama–, que tienes la cabeza y los hombros casi secos?

–No están secos; no seas acusona...

Papá me llevó una tarde de paseo en el coche hasta Torrelavega.

–Tienes que explicarme una cosa, hija mía. ¿Qué te propones dando esos saltos en el mar? Al bañero le arran-

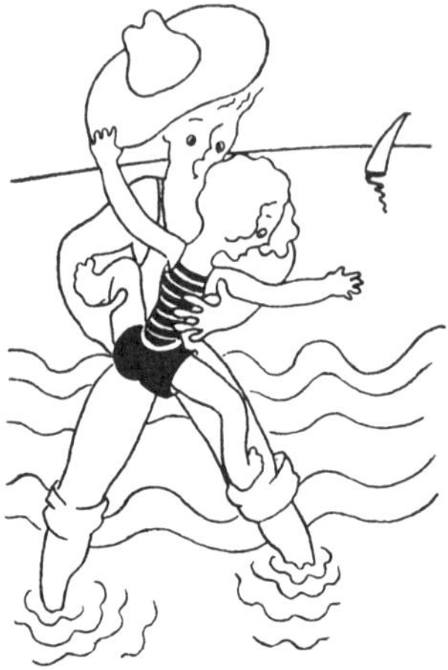

cas todos los días los botones del cuello y le has roto el sombrero... Dice que te escurres como una anguila y no te sujeta porque teme hacerte daño... Parece que es una batalla diaria. ¡El pobre hombre está aterrado con la bañista que le ha salido!

Como papá se reía un poco, yo le expliqué todo lo que le dije a mamá, y algo más.

–Mira, papaíto, si no diera esos saltos, ya me hubiera ahogado... ¡Tú no sabes lo grandes que son las olas cuando se está dentro del mar! A mí me tapan del todo, porque soy pequeña; pero al bañero, no... Por eso me subo a él...

–¡Qué disparate! Así no es posible que te sigas bañando.

–Eso digo yo...

–Si tú te bañaras como José María y Finita, sin bañero como ellos, ¿te mojarías todo el cuerpo?

–Sí..., me mojaría en la orilla.

–En la orilla habría de ser, porque ellos solos no entran mucho... ¡Pero como eres tan miedosa!... ¿Me das tu palabra de honor de bañarte de verdad?

–¿Qué tengo que darte?

–Tu palabra de niña buena. Si tú seriamente me prometes una cosa, yo estoy seguro de que la cumplirás, porque tú eres una niña honrada que no puede faltar a lo que promete.

–¿Eso es honor?

–Eso.

–Bueno; pues te doy mi palabra de honor de que si me baño yo solita en la orilla, sin el bañero, que se ha empeñado en ahogarme, me sentaré en el suelo y me llegará el agua al cuello... ¿No habrá cangrejos, papaíto?

–No hay cangrejos, ni peces, ni nada; yo te lo aseguro.

–¿Me das tu palabra de honor?

–Te doy mi palabra.

–Di de honor, que si no, no vale.

Doña Benita

Para cuidar del niño y de mí, cuando papá y mamá se vayan a Francia ha venido doña Benita. Es una señora vieja, que también cuidó a mamá cuando era pequeña.

Lleva gafas, para estar más guapa, y como no la dejan ver, mira por encima. Habla como los niños pequeños, porque es andaluza, y, además, lo sabe todo.

–Dime, doña Benita: ¿dónde está Dios?

–En *er sielo. Sentao* en un trono de oro y estrellas.

–¿Pues no dicen que está en todas partes?

–Sí que está, y es lo mismito que el aire.

–Entonces, ¿Dios es el aire?

–Eso.

–Y las estrellas, ¿qué son?

–Pues los brillantes de la capa de Nuestro *Señó.*

–En el colegio dicen que son mundos...

–Si te vas a creer todo lo que digan en el colegio...

–Y la luna, ¿qué es?

–Pues la luna es un globo de *lú* muy *retepresioso,* que cuelga Dios del *sielo* algunas veces para que vayan los *mosos* de ronda y los gatos por los *tejaos.*

–¡Mira qué bien! ¿Y es verdad lo que cuentan del viejo de la luna?

–¡Ya lo creo que es *verdá!* Ocurrió en un puerto *serca* del mío. Era un leñador que estuvo mirando toda la noche la luna, y cuando quiso volver a su casa, en lugar de irse por el camino del pueblo, se fue por un sendero blanco que era un raya de *lú* y que acababa en la mismísima boca de la luna... Allí está, esperando que le llame Nuestro *Señó.*

–¿Y por eso no se debe mirar a la luna por la noche?

–Por eso. Porque al rato de mirarla te atontas, y muy *fásilmente* te marchas del mundo sin saber lo que *hases.*

–Doña Benita: y el sol, ¿qué es?

–Pues del sol no se sabe *ná.* Unos dicen que es un agujero que se le ha hecho al manto de la Virgen María y que por él se ve la Gloria... Otros, que es la carroza del mismo Dios... ¡Vaya *usté* a saber! Él calienta, ¿no es eso? Pues lo demás no importa nada.

–En el colegio dicen que es un mundo, no sé cuántas veces más grande que no sé qué, y que está muy lejos, muy lejos, y que una bala de cañón tarda en llegar...

–No hagas caso. Cuando dan en hablar malamente de algo...

–Dime, doña Benita: ¿de dónde he venido yo?

–Pues... de París de *Fransia;* de donde vienen todos los niños ricos.

–Y tú, ¿de dónde has venido?

–No sé. No me acuerdo de nada. ¡Como hace tanto tiempo!...

–Pues mi hermanito ha venido del cielo.

–Bien puede ser, porque es mismamente un angelito de Dios.

–¡Si hubieras visto cuando vino qué feo era!

–Eso pasa siempre... Pero los padres dan en *desir* que son tan guapos...

–¿Es que los angelitos que están en el cielo son feos?

–Quia. Los feos son los que mandan para acá...

–Doña Benita: ¿qué hacen los ángeles?

–Pues mismamente lo que los monaguillos. Entran y salen, llevan y traen y cuentan a Nuestro *Señó* lo que *hasemos* por aquí.

–¿Y los demonios?

–Igual. Eran ángeles de Dios, y hasta de los más guapos que había en el *sielo*... ¡Pero hija, se *hisieron* malísimos y hubo que despedirlos!...

–Eso me lo han contado en el colegio... Y que se abrieron las puertas del cielo y cayeron al infierno...

–Sí, hija, sí; cayeron... Pero ocurrió que una porción de angelillos chicos, que no se habían enterado de nada y estaban jugando al peón, al ver caer a tantos, jugaron a caerse también y se tiraron de cabeza... En cuanto el Padre Eterno los vio tirarse, dio una voz terrible y se *serraron* las puertas del infierno... Pero, hija mía, ya habían caído todos contra la tierra y tenían las alas rotas... Aquí se quedaron con nosotros... Ahora son los duendes...

–¿Quiénes son los duendes?

–Pues ¿no te lo estoy diciendo? Los angelillos chicos que se tiraron del *sielo* por *equivocasión*.

–¿Los has visto tú, doña Benita?

–No se los ve. Tienen el cuerpo como de cristal transparente; pero los he sentido. En todos los sótanos de mi pueblo juegan a las cartas... Son los que pierden las cosas, llaman a los timbres, *ensienden* la *lú*... En fin; como criaturas que son, con muchísimas ganas de jugar...

–¿Hay aquí duendes, doña Benita?

–¡Claro que habrá! Los hay en todas partes.

–¿También en Madrid?

–¡Qué sé yo! ¡Hay allí tanto ruido!... A ellos les gusta estar solos. Por eso viven en las casas desalquiladas, en los graneros, en los cuartos oscuros...

–¡En la casa de la sierra sí los hay! Ahora me acuerdo que un día que dejé mi merienda en el cuarto del huerto, me la comieron casi toda.

–Serían los ratones.

–No, no; eso creía yo entonces, pero eran ellos, estoy segura... ¡Ay, doña Benita, qué precioso es eso que me has contado! Lo que me voy a divertir ahora que sé todas esas cosas. Pondré nombre a todos los duendes y los llamaré en los cuartos oscuros. Repartiré con ellos la merienda y me esconderé para que se crean solos y jueguen a las cartas...

–Mira, niña... Hay que ser respetuosa con las cosas del otro mundo. A los duendes todos les tienen miedo...

–Pero yo, no. ¿Por qué voy a tenerles miedo, si son angelillos chicos?

Entró mamá, a preguntar no sé qué.

–¡Mamita! Ya no quiero ir al colegio, ni que vuelva miss Nelly. Doña Benita lo sabe todo y me lo explica mejor... Me ha contado lo de los duendes...

–Mira, Benita –dijo mamá muy enfadada–, no cuentes tus historias a la niña, ¿sabes? Demasiada fantasía tiene ella. Y si le das cuerda, cualquiera sabe adónde vamos a ir a parar.

Una tarde en la visita

Mamá mandó a Juana que me vistiera para salir.

–¿Dónde vamos?

–A casa de don Tomás y María Rosa, que me han invitado a merendar en su jardín esta tarde.

–¿Y a mí también me han invitado?

–A ti, no; pero en el campo está admitido que te lleve... A ver cómo te portas... No vayas a darme un disgusto, ¿eh?

Juana me puso el vestido blanco y el sombrero con flores de aciano. Me vi en el espejo y parecía una niña de un cuento. ¡Qué contenta estaba! ¡Me gusta tanto salir con mamá!...

–Di, mamá: ¿María Rosa es una niña como yo?

–No, hija, no. Es una señora..., casi de edad.

–Entonces, ¿por qué se llama María Rosa?

–Porque le pusieron ese nombre al bautizarla, y entonces era pequeñita. ¿Tú crees que los viejos no han sido niños?

–¡Claro, ya lo sé!... ¿Es la mamá de don Tomás?

–No, hija; es su hermana. Son solteros los dos...

Llegamos a una verja muy grande, y mamá llamó a la puerta.

¡Tilín!... ¡Tilín!...

–¿Quién? ¿Es usted la señora que tenía que venir hoy?

–Sí.

Al cruzar el jardín vi una mesita con un mantel muy almidonado y flores y frutas encima. Ya estaban preparando la merienda.

Entramos en un salón grande y oscuro, y después de un rato muy largo, cuando ya empezábamos a ver, llegó una señora arrugada y vestida de colores y volantes.

–¿Ha traído usted a su pimpollo? ¡Oh, qué criatura tan bonita! ¡Estará usted encantada con este cromo de niña!

Mamá dijo que sí, que estaba encantada; pero entonces la vieja quiso que mamá se pusiera de pie para verle el vestido. Y todo se le volvía tirarle de aquí y de allí, y decir que era precioso. ¡Qué señora tan sobona! ¡Y cuánto tizne tenía en los ojos!

Después llegó el hermano, que tosía mucho, y no me hizo caso. En seguida empezó a contar una historia muy larga y muy aburrida, quitándose y poniéndose unas gafas grandes de concha.

Se me abría la boca y sentí que me dormía... Entonces, para despabilarme, me puse de pie y fui mirando todo lo que había por las paredes, como se hace en los museos.

Di dos veces la vuelta al salón, y al pasar junto a don Tomás vi que había dejado las gafas sobre la mesa. ¡Qué grandes eran!

Me las puse, y fui a mirarme en un espejo dorado y pequeñito que estaba colgado muy alto. De pronto, ¡paf!, al suelo las gafas, que se hicieron pedacitos...

–¿Qué has hecho, Celia?

–¡Romper las gafas! ¿Qué ha de hacer? –dijo con voz terrible don Tomás–. ¡Pues era lo único que me faltaba en este dichoso pueblo, en que nada se puede comprar!... Nada, está visto; los chicos, ni en visita...

–¡Válgame Dios! –decía mamá muy apurada–. Pero ¿qué has ido a hacer, hija mía? ¿Es que no puedes estarte quieta? Vete al jardín, vete en seguida, ¡que no te vea yo!...

María Rosa me llevó de la mano al jardín y me sentó de golpe en las escaleras. ¡Qué mala!

–¿Para qué te das carbón en los ojos? –le dije.

Ya sé que eso no se pregunta. Pero ¿por qué me trataba ella mal, ahora que nadie la veía?

Dio un bufido y se fue furiosa.

¡Qué casa más aburrida y qué gente más antipática!

Vino una criada con delantal blanco y cofia.

–¿Quieres merendar?

–Cuando merienden todos.

–No; me han dicho que meriendes ahora.

Me llevó a la mesita y me dio una pera y un pastel. Ella cogió un bizcocho de una cestita que había junto a un plato y se lo comió.

–Yo también quiero de esos bizcochos.

–¡Claro! ¡Para ti están! Si quieres más pasteles, te los daré; pero bizcochos, ni lo pienses.

Y ella se comió otro. Era tan tonta como sus amos. Me dejó sentada en un banco y se fue.

Al final del jardín había una casita, y una niña, que me estaba mirando, en la puerta. ¡Qué bien! ¡Ya tenía con quien jugar! Me fui a buscarla.

–¿Cómo te llamas?

–Teófila.

–¿No te han convidado a merendar?

–No.

–¿Por qué?

–Porque no.

–Yo te daré. Ven conmigo.

No quería; pero tirando de ella la llevé a remolque hasta la mesita.

–¿Quieres una pera? Toma bizcochos, que están muy ricos... Y para mí también... La tonta de la muchacha sólo me ha dejado comer estos pasteles, que no me gustan...

Nos comimos todos los bizcochos. Luego jugamos al escondite y a los alfileres. Me dijo que era la hija del guarda, y que los señores no la dejaban jugar allí.

–Ahora, como estás tú, no me dirán nada. ¿No te parece?

En esto vinieron a merendar mamá, don Tomás y María Rosa.

–¿Y mis bizcochos? –le oí gritar al viejo.

–Yo los he puesto en el cestillo, como siempre, señor.

–¿Quién los ha cogido entonces?

–Pues es un conflicto –decía la vieja, mirándome a mí–, porque mi hermano está a régimen, y sólo puede mojar en la leche esos bizcochos que le hago yo...

–¿Has sido tú, Celia? –dijo mamá, muy colorada.

–Sí; los pasteles no me gustan... ¡Están rancios!

–Ya se ve que tienen ustedes a la niña muy mimada... ¡Quiera Dios que siempre pueda continuar así!

Esto dijo la señora, de un modo que parecía que me deseaba todo lo contrario.

Estuvieron callados mucho rato, y luego mamá dijo que el medallón reluciente, con un retrato, que llevaba María Rosa colgado de una cadena, era una preciosidad. ¡Exageraciones! Entonces ella se puso otra vez muy contenta, y dijo que era de su abuela, y que se lo regaló un virrey, y que valía tanto y cuanto... Pero del retrato no decía nada.

–¿Quién es ese señor? –pregunté.

Mamá me miró indignada y nadie me contestó.

–Vámonos –decía Teófila detrás de mí–; jugaremos junto a mi casa. ¿No ves que todos nos miran con los ojos atravesados? Son muy remalos, y a la postre lo pagaré yo todo...

Jugamos poco, porque mamá me llamó en seguida para irnos. Ya sabía yo que por el camino me iba a regañar.

–¡Te has portado, hija; te has portado! No ha habido indiscreción ni travesura que hayas dejado de hacer.

–Bueno; cuando sea yo mayor ya me vengaré de esta gente.

–¿Qué dices, criatura? ¿Qué es lo que harás?

–Pues daré una reunión y una gran merienda en mi jardín, y no invitaré a nadie... Me la comeré yo sola, con Antoñito, y yo sola me divertiré.

Los cachorros de «Dalila»

Tengo mucho que coser... Que no me hable nadie... Estoy terriblemente ocupada... No puedo atender a la muñeca ni al libro de estampas. Juana me ha dado una aguja, una aguja verdadera, y unas hebras de seda verdes y azules...

Estoy cosiendo de verdad. Haciendo grandes puntadas sobre tela amarilla, que será una bolsa preciosa para doña Benita. ¡Qué sorpresa le voy a dar el día de su santo!... Se lo merece la pobre. ¡Es tan buena!... Yo he tenido la culpa de que se le estropee su bolsa de terciopelo.

Papá y mamá se marcharon a París y nos dejaron en la Sierra con doña Benita y la perra *Dalila*.

La perra estaba gorda, gorda, como una bola, y un día le trajeron siete perritos de no sé dónde... De donde traen los perros.

Manuel, el guarda, que es muy tonto, los quería tirar al río.

–¿Pero no ves que eso es una atrocidad?

–Son muchos. ¿Para qué queremos siete perros?

No sé cómo dice eso, porque él tiene nueve hijos y nadie le ha dicho nada de tirárselos al río.

–Bueno, pues no se tiran. Papá verá lo que hace con ellos cuando venga.

También doña Benita se opuso a que los tiraran, y los perros se quedaron en casa.

¡Qué contenta está *Dalila!* Los lame, los acaricia, les da de mamar. Sólo a mí me deja cogerlos, porque sabe que los quiero tanto como ella.

Todos tienen nombre. El mayor se llama *Napoleón;* el otro, *Barrabás;* el chiquito, *Benjamín;* y *Lucero, Selim, Dik* y *Teddy,* los otros. ¡Qué trabajo me ha costado bautizarlos a todos!

Manuel se lleva a *Dalila* de caza todos los días. Es una maldad, porque los perritos se quedan aullando y desamparados.

–No te la lleves, Manuel. ¿No ves que tiene que cuidar de sus hijos?

–Tengo que llevármela sin remedio. El señor me advirtió que no dejara un día de cazar. Es una perra muy joven y hay que enseñarla.

–Entonces, ¿es como si la llevaras al colegio?

–Talmente lo mismo.

–Vaya. ¡Pobrecita! ¿Y no hay vacaciones para ella?

–Sí: cuando cierren la caza; ahora, no.

No he tenido más remedio que conformarme. Los pobres perros se pasan todos los días muchas horas perdidos por la huerta, andando a bandazos como las barcas viejas...

Ayer se pegaron mucho. *Barrabás* y *Teddy* mordieron las orejas a *Napoleón,* que chillaba como una rata.

María, la guardesa, salía con una caña y, a éste quiero y a éste no quiero (eso dice Juana), los molió a cañazos.

–¡Dichosos perros! ¡Me tienen aburrida!... ¡Han estropeado todas las lechugas de la huerta y me han roto un delantal!

–¡No les pegues, mujer, no les pegues, que son pequeñitos!...

Los he cuidado todo el día para que no hagan travesuras, pero a la hora de salir de paseo no sabía qué hacer con ellos... De pronto he tenido una idea.

María había tendido a secar los calcetines de su marido, que son grandes y fuertes. En cada uno ha cabido perfectamente un perrito.

Benjamín se hundió del todo y asomaba las narices muy apurado. *Barrabás* se quedó dormido en seguida, tan contento. *Napoleón* sólo tenía la cabeza fuera. Y los otros, con las manitas debajo del hocico, se parecían a los amigos de papá cuando vienen a tomar el café a casa.

Sólo quedaba uno sin funda. ¡No había calcetín para él!

Entonces pensé que en la bolsa de doña Benita podría estar divinamente. ¡Yo no sabía que era tan preciosa, como ella dice!

La colgué de los cordones y metí dentro a *Lucero,* que parecía una señora con abrigo.

Al volver del paseo, Juana me dijo que todos los calcetines se habían roto con el peso de los perros, y que la bolsa de doña Benita se había desteñido con las humedades que dejó dentro *Lucero*. ¡Qué cochino!

María está muy enfadada, pero yo no le hago caso. Doña Benita se puso triste, pero me besó en seguida...

Por eso le estoy haciendo una bolsa de seda amarilla y... ¡Dios mío, lo que me he entretenido, charlando, charlando!... Pero se acabó. Estoy horriblemente ocupada. Tengo que concluir mi labor para el día de su santo, que es en Nochebuena... ¿Vosotras sabéis cómo corre el tiempo? No me es posible perder un minuto más...

La noche en el jardín

Después de cenar salí al jardín a buscar mi muñeca, que se había quedado sentada en el sillón de mimbre.

Había luna y claridad azulada como en el teatro. Dentro hacía calor, y me senté un poco con Julieta en brazos.

¡Qué sueño! Ya vendría Juana a acostarme...

Me desperté con frío... Casi no sabía dónde estaba... ¡Qué de noche era! La luna se estaba mirando en el estanque con su cara de boba. No se oía nada. Pero ¿por qué no me habían acostado?

El cisne se paseaba despacito por el agua, y *Pirracas,* con otros dos gatos, daba saltos entre las flores... Entonces vino volando la cigüeña de la torre y se posó cerca del estanque.

–¡Buenas noches, señor Cisne! ¿Qué tal lo pasa usted por este jardín?

–Regular nada más, señor Cigüeño. Ha de saber usted que aquí hay una niña muy molesta que se llama Celia. Ella canta, baila y tira piedrecitas en el agua. ¡Me tiene en un sobresalto continuo!

–¿Y por qué no se va usted?

–¿Cómo me voy a ir, ¡desgraciado de mí!, si en este ridículo charco no hay sitio para abrir las alas?

Se hicieron muchas reverencias, y después de enviar recuerdos a la señora cigüeña y a los cigüeñines, se despidieron hasta la noche siguiente.

¿Quién dice que esto no es verdad? Pues no sé por qué. ¿Ha estado alguien conmigo en el jardín esa noche? ¿No? Entonces debe creer lo que digo... ¡Vaya!

Todo el jardín estaba de fiesta, y entre la hierba se encendían farolillos chiquitines, como en las verbenas. ¡Cómo olían los jazmines! Las hadas iban a venir seguramente; pero aunque me sacaba los ojos a mirar no veía ninguna.

De pronto oí cantar en la carretera, y me asomé a la verja.

Aquella estrellita, madre,
que va detrás de la luna,
esa estrella me acompaña
las noches que voy de tuna.

Era un chico el que cantaba. Traía un morral en la espalda y una manta al hombro.

–¡Chist! ¡Muchacho!

–¿Quién me llama?

–¡Yo! ¿Por qué andas por el campo tan de noche?

–Porque soy el rey, y tengo que tocar la cuerna antes de que amanezca.

–¡Huy, el rey! ¡Y esa estrella que te acompaña será la de los Reyes Magos!... Pues yo soy una princesa... (Dije la mentira para que viera que podía hablar conmigo.)

–¡Arrea! Por eso dicen en el pueblo que la gente de los hoteles es muy principal...

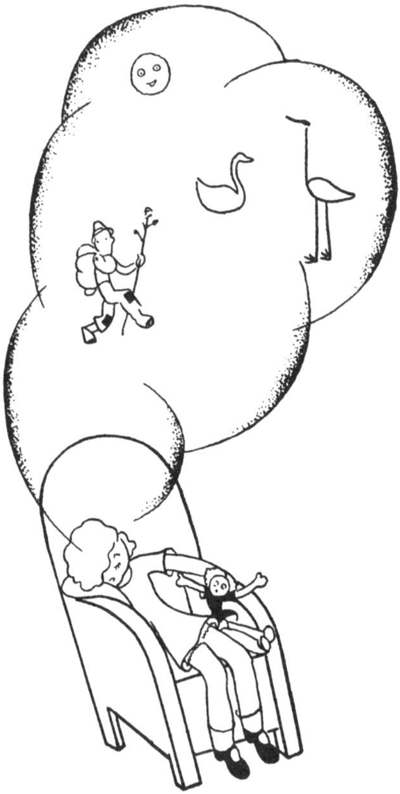

–Oye, rey, tendrás otros hermanos, porque en los cuentos siempre son tres...

–Sí, tengo otros dos.

–¡Ya lo sabía yo! ¿Y también son reyes?

–También. Uno está en Otero y otro en Zarzalejo.

–Y... ¿estáis encantados?

–¡Qué va uno a hacer! Pero lo que yo quiero es irme a Madrid.

–¿A tocar la cuerna?

–No, allí no hay marranos.

–No creas..., hay también gente muy sucia.

–Yo lo que quiero es entrar en una tienda de comestibles.

–¿Siií? ¡Qué raro! ¿Y para qué?

–*Pa* lo que se ofrezca.

–Pues eso es muy fácil. En cuanto estés en Madrid entras y sales en donde quieras.

–Hasta que venga San Miguel no puedo salir de aquí.

–¡San Miguel es un ángel! ¡Qué bonito es eso que me cuentas! ¿Y también va a desencantar a tus hermanos?

–¿Eh?... Sí, en cuanto venga ya están cumplidos y se pueden venir a casa.

–¿Y tardará mucho?

–¿Quién?

–San Miguel.

–Quia, unos días... Pues por eso..., si tú, señorita marquesa, se lo dijeras a tu padre, que tendrá empeños y poder, puede que me buscara una tienda de comestibles.

–¡Jesús! Pero ¿tanta hambre tienes? ¡Claro! No me acordaba yo que los que están encantados no comen... ¿Y tus padres qué hacen?

–¡Anda! Pues trabajar como burros...

–También estarán encantados... Eso habrá sido algún mago o alguna bruja que os habrá hecho mal de ojo.

–Eso dice mi madre, que se crió en buenos pañales y ahora las pasa muy negras...

–¡Pobrecitos! ¡Vaya, no te apures! Ya se está preparando San Miguel para venir...

De pronto se fue la luna y todo se puso oscuro... El viento movía los árboles y hacía frío. El rey dijo:

–Me voy, que se hace tarde. Dile a tu padre lo que te he dicho.

Y se fue no sé por dónde... Me dio miedo y corrí hacia la casa para llamar por la puerta de la cocina.

–¡Juana! ¡Juana! ¡Abre!

No abrían, y di patadas y golpes con el puño cerrado.

Al fin se abrió la puerta y apareció Juana, espantada.

–¿Dónde has estado? ¿Quién te ha abierto la puerta? ¿Por dónde has salido?

–¡Tonta! Si no me has acostado...

–¿Y has estado en el jardín hasta ahora? Pero si doña Benita quedó en acostarte... ¡Dios bendito, si lo saben los señores! ¿Tienes frío? ¡A ver si has cogido una pulmonía!

–No he cogido nada.

Salió doña Benita a las voces, y vuelta a hacer aspavientos y a decir que si yo habría cogido esto o lo otro, y a reñir con Juana porque si tenía la culpa ella y que si no era su obligación acostarme.

–¿Has tenido miedo, hija?

–A lo último. Antes estuve hablando con un rey que está encantado y tiene hambre... Hay que decírselo a papá.

–Eso lo has soñado –dijo Juana–. A ver si has cogido una pulmonía.

–Yo no las he visto. ¿Eran los farolillos del suelo?

–A dormir, que no sabes lo que hablas...

Y me quedé sola con doña Benita, que me abrigaba con una manta y me calentaba las manos entre las suyas. Cuando Juana se marchó y nos dejaron solas, doña Benita me dijo:

–Hija, no te duermas aún... Dime antes... ¿Estás segura de lo del rey encantado? ¿Lo has visto como me ves a mí?

Yo, contenta, porque doña Benita es la única persona mayor que me comprende, pues con los demás no se puede atar cabos, empecé a contarle todo... Pero me dormía, y me dijo:

–Duerme, duerme primero. Mañana me lo contarás...

El abuelo de Carlotica

Todavía no os he dicho nada de mi amiga Carlotica, que vive en un hotelito pequeño cerca del nuestro.

No tiene papá ni mamá. Vive con su abuelito Luis, que está siempre sentado en un sillón de ruedas, porque no sabe andar.

A don Luis le gusta mucho que juguemos a su lado y oírme contar historias. Por eso no quiere que vayamos a ninguna parte.

Un día íbamos a ir de excursión con papá y mamá, y de pronto dijeron que iba a llover. Y no nos llevaron. ¡Nos dio una rabia!

–Con don Luis pasaréis la tarde muy bien. Mucho mejor que con nosotros, que vamos lejos y con gente poco simpática.

Carlotica me dijo:

–Ya verás como ha sido el abuelito el que les ha dicho que no nos lleven.

Nos quedamos refunfuñando, y decidimos vengarnos de don Luis no entrando en la galería donde él estaba siempre en su sillón de ruedas.

En cambio, abrimos las arcas grandes del despacho, que tenían las llaves puestas. ¡Cómo olían a alcanfor! Todo estaba cubierto de paños blancos... Los quitamos y aparecieron unos trajes grandísimos de terciopelo encarnado y verde.

Casi no podíamos con ellos, y los arrastramos por el suelo al colocarlos sobre las sillas.

–¿Quién se ponía esto?

–El abuelito, cuando era rey, y príncipe y emperador... Otras veces era cardenal, con estos zapatos colorados; y también Don Juan Tenorio, vestido de raso verde.

–¿Y cómo era tantas cosas?

–Porque sí. El dice que era el actor más grande del mundo.

–¿Tú le has visto de pie?

–Sí, con las muletas.

–¿Y es tan grande?

–¡Como un gigante! Mira cuánto pelo hay en esta caja.

No era pelo, sino cabezas sin nada dentro... Había melenas rubias, con tirabuzones; otras blancas, con rizos y trenza, como las de los cocheros de los entierros...

–¡Ay, Carlotica, qué miedo! ¿A quién le ha quitado tu abuelito estos pelos? ¿Tú sabes si ha sido de esos que matan a la gente?

–Sí, también. ¿Ves este escopetón colgado, que parece un embudo? Pues me ha dicho que era suyo, de cuando hacía de bandido.

–¡Yo me quiero ir! ¡Vámonos, Carlotica, vámonos a casa! ¡Figúrate que le da por matarnos a nosotras!

–¡Huy, qué niña más tonta! ¡Si el abuelito era muy bueno y todo era de mentirijillas!

–¡Sí, muy bueno! Vámonos con doña Benita, anda.

Entonces oímos a don Luis que nos llamaba con su vozarrón, y como no contestábamos, llamó al timbre para que nos buscaran. Decía:

–Deben de estar en el despacho haciendo alguna diablura...

La vieja María levantó los brazos al cielo, al ver desparramado lo de las arcas.

–¡Pero qué estáis haciendo, condenadas! ¡El Señor me valga si no han ensuciado toda la ropa!

–¿Qué hacían? –gritó don Luis–. Traiga usted aquí a esas chicuelas, que las voy a matar como hayan revuelto algo...

María, a pesar de mis chillidos, nos cogió a cada una de un brazo y nos sacó a la galería.

–¡Aquí tiene el señorito a estos diablos del infierno, que han sacado la ropa y han fregado los suelos con ella!

Yo gritaba, pateaba, me retorcía para escapar de las manos de la vieja, que se me clavaban en los brazos como garras... Entonces la mordí y me soltó... Quise correr y tropecé con una mesa, que se vino al suelo... Me caí y me hice sangre en la frente...

–¡Celia, hija mía! ¡Ven aquí, criatura! –gritó don Luis asustado.

–Es que se cree que la vas a matar, abuelito –dijo Carlotica.

–¡Válgame Dios, pero si se ha herido! Tráigame en seguida con qué curarla. ¡Pobrecita! ¿Pero has creído de veras que os iba a matar? No, tontuela. Si no me importa nada que me hayáis revuelto las arcas. Si es mejor... Con eso, María volverá a limpiar la ropa y no se apolillará... ¡Vaya, no llores más! ¿Te has creído que yo soy un ogro?

Yo no me había creído nada..., pero ¿por qué hablaba don Luis del ogro?

Me curó, me lavó la herida y me puso una venda con mucho cuidado.

Y yo lloraba, lloraba, porque ya que había empezado me daba vergüenza callarme...

–Pero ¿tanto te duele? ¿Por qué lloras así, criatura?

–Porque no sé llorar de otra manera...

–Llora de aburrida que está –dijo Carlotica–. Tú tienes la culpa de que no nos hayan llevado de excursión, abuelito. ¿Por qué le has dicho al papá de Celia que iba a llover? Para tenernos aburridas contigo, que no sabes más que decir: «Quiero las gafas», «Acércame a la ventana», «Cuéntame un cuento». ¿Te figuras que esto es muy divertido?

–¡Niña, niña! ¡Que me estás haciendo burla!

–Ya lo sé... Y te vamos a castigar cara al rincón toda la tarde para que no lo vuelvas a hacer...

Carlotica quería que yo la ayudara a correr el sillón del abuelo, pero ¡al ogro le temblaban las manos y le caían las lágrimas de los ojos!

–¡No llores, don Luis! ¡Si es una broma! Nosotras te queremos mucho y no nos aburrimos contigo nunca... Vaya..., a limpiarse las lágrimas y a ser bueno... ¿No ves como yo no lloro ya?

–¡No quiero que lo paséis mal a mi lado!

–Pero si no es verdad. ¡Si estamos muy contentas! ¿Quién te ha dicho esa tontería?

–Carlotica me lo ha dicho.

–¿Yo? –dijo ella, que se había puesto muy colorada al ver llorar al abuelo–. ¡Vaya una cosa! ¿No ves que soy una rabietas y no sé lo que digo?

–Entonces, ¿lo pasáis bien con este viejo chocho?

–¡Ya lo creo! ¡Contigo, que has sido rey y santo y sabes tantas cosas!... ¿De quiénes son esas cabezas de pelo que tienes guardadas en una caja?

–¿Qué dices? ¡Ah, son las pelucas! Las hacía un peluquero para ponérmelas yo.

–¿Tienes las botas de siete leguas?

–No. Se quedó con ellas Pulgarcito.

–Porque tú eras el ogro, ¿verdad?

–No, hija. Yo he sido el Príncipe Hamlet, Don Juan, el Rey Lear, un Cardenal de la *Cena de las burlas,* el Rey Don Pedro... Pero el ogro, nunca.

–Cuéntanos esas cosas, don Luis, anda. Di lo que hacías cuando eras rey...

–Llama al timbre, Carlotica, para que nos traigan la merienda, y ahora os contaré...

Nos sentamos a su lado, y empezó:

–En *Reinar después de morir*, yo hacía el Rey Don Pedro, y estaba casado con una señora muy guapa y muy buena, pero mientras yo no estaba, mi padre la mandó matar. Entonces yo decía...

¡Dios mío, qué cosas tan terribles dijo! ¡El pobre lloraba y gritaba desesperado! Carlotica y yo nos pusimos a llorar también, y entonces se asustó y nos regaló unos collares de colores, que eran de un moro.

–No nos cuentes eso, don Luis, ni te vuelvas a acordar más de esas cosas que te han pasado...

Y nos quedamos callados los tres.

Pero como a mí me pareció que el pobrecito viejo se había quedado pensativo, y así como triste, y Carlotica me miraba sin saber qué hacer, pues yo quise arreglarlo todo, y me acordé de un cuento que sé muy bonito, y les dije:

–Yo os contaré una historia de un gallito, que es muy divertida y que nos reiremos mucho...

Y se volvieron a poner contentos.

La compra de la ermita

Veníamos de misa y subimos a saludar a don Luis, que está un poco malo.

Doña Benita, que había estado hablando en la puerta de la iglesia con unas viejas del pueblo, contó a don Luis lo que le habían dicho, haciendo muchos aspavientos.

–¿Sabe el señor que han puesto andamios en la ermita y la van a tirar? Me lo ha dicho doña Remedios. Dicen que va a venir un rey de las Indias a comprarla, con los castaños de la cerca y el río que pasa junto a las tapias, y hasta la Santa Virgen del Adra.

–¡Pero no es posible! –dijo don Luis muy asustado.

–Sí, señor, sí. Ese rey, o lo que sea, se va a mandar hacer en el sitio que está ahora la ermita un palacio, todo de piedra labrada.

–¡Jesús, Jesús, Jesús!

–¿Se pone usted malo, don Luis?

–No, gracias; es la emoción...

Carlotica estaba furiosa con doña Benita. «¡Ahora el abuelito se pondrá peor por contarle esas cosas!»

Por la tarde, cuando fuimos a jugar a la galería, don

Luis no estaba. Se había puesto muy malo y lo habían tenido que acostar.

–Ya ves, ha estado llorando mucho, porque dice que a él lo bautizaron en la ermita y en ella se casó, y que si la tiran se muere corriendo...

Jugamos callandito toda la tarde, y entramos a ver a don Luis dos o tres veces. Siempre tenía los ojos tapados con las manos...

De pronto se me ocurrió una idea:

–¿Y si compráramos nosotras la ermita para que fuera de tu abuelo y ya no la pudieran tirar?

–No puede ser. Ya la ha comprado ese señor de las Indias.

–No lo creas. Doña Benita ha dicho que va a venir a comprarla; pero aún no ha venido.

–¡Ah!

–Es muy fácil. Reunimos tú y yo todo lo que tenemos, y se lo llevamos al señor cura... Si es bastante, él nos dará la ermita en cambio. Eso es comprar.

–Bueno. Mañana iremos.

–No, no; mañana, no. Ha de ser ahora mismo. ¡No vayan a tirar esta noche la ermita!

Carlotica trajo todo lo que tenía: una cajita con cristales de colores, otra con papeles de plata de envolver los bombones, y los collares de cuentas gordas.

En mi casa recogimos lo mío, que era mejor: una cajita grande con más de veinte carretes vacíos, dos lápices de colores y una hucha con realines que no se podían sacar.

Salimos sin que nos vieran, y bajamos al pueblo por el atajo. El señor cura vive junto a la iglesia, en una casa con un huerto delante.

–Estará la puerta abierta, porque el señor cura es un

santo. Me lo ha dicho doña Benita. Los santos tienen la puerta de su casa siempre abierta.

–¿Por qué?

–No sé. También tienen un lobo en el huerto y no nos hará nada...

–¿Un lobo?

–Sí, como todos los santos. Todos tienen un león, o un tigre, o un águila... ¿No los has visto retratados?

–¡Es verdad!... Pero ¿estás segura de que no nos hará nada?

La puerta estaba abierta como yo me figuraba, y al lobo no se lo veía por ninguna parte. Sin embargo, nos cogimos de la mano y, rezando a gritos el padrenuestro, cruzamos por entre los árboles que hacían mucha sombra. ¡Qué miedo! ¡Al otro lado del huerto se oía aullar al lobo!

No nos hizo nada, porque nos oía rezar.

Salió de la casa una señora vestida de negro:

–¿Por qué gritáis de ese modo? ¿Qué queréis?

–Venimos a ver al señor cura.

–¿Le traéis algo? –dijo mirando los paquetes–. Pues me lo podéis dar a mí.

–No, no, tenemos que hablar con el señor cura...

–Bueno, bueno. Subid conmigo.

Subimos por una escalera muy empinada, hasta una habitación toda blanca, con un crucifijo. Allí estaba el señor cura.

–¿Qué me queréis, hijas?

Al pronto no me atrevía a hablar; pero como Carlotica no decía nada y me miraba a mí, lo dije todo muy de prisa, para acabar antes.

–Venimos a decirle que si tiran la ermita para que se haga el rey de las Indias un palacio todo de piedra, don Luis se morirá corriendo...

–¿Quién es don Luis?

–Mi abuelo –dijo Carlotica.

–Sí, sí, creo recordar... Es un señor viejecito...

–No sé; pero hace mucho tiempo que lo tenemos en casa...

–Que está impedido y ha sido cómico. Sí, sí, vive en la carretera alta.

–Sí, señor.

–¡Vaya, vaya! ¿Y quién os ha dado esas noticias del rey de las Indias?

–Doña Benita.

–¿Y quién es doña Benita?

–Una señora que cuidó de mamá, y ahora cuida de mí y de mi hermano.

–¡Vaya con la señora, qué cosas sabe!

–Y nosotras venimos a comprar la ermita antes de que venga ese señor y la tiren, para que don Luis no se muera.

–¡Muy bien! Se lo diremos al señor obispo... ¿Y qué es lo que dais por ella?

–Trae la caja, Carlotica...

Sobre la mesa del señor cura colocamos los veinte carretes vacíos, la cajita de cristales de colores, los papeles de plata, las hebras de lana, los collares y la hucha.

–¡Está bien! Queréis pagar en especie, como en los tiempos primitivos de la Iglesia... No sé si al señor obispo le parecerá bastante; a mí, sí me parece... Pero ahora recogedlo todo y vamos a ver a don Luis.

Se puso la capa y el sombrero, nos cogió de la mano, y con todo lo que habíamos llevado, empaquetado y atado otra vez por la señora del vestido negro, volvimos a cruzar el huerto y salimos a la carretera cuando ya era de noche.

A don Luis le encontramos tan triste como lo habíamos dejado. El señor cura, que había entrado con nosotras, dijo:

–Vamos, don Luis, no hay que apurarse por lo que no es más que un chisme de pueblo... Su nieta y esta pequeña sabihonda se me han presentado en la rectoral a comprar la ermita en especie... No tiene derecho a quejarse quien tiene estas criaturas a su lado... Pero ¿cómo ha podido usted creerse esa tontería? La ermita tiene andamios porque se está arreglando la torre para la fiesta... ¡Pero si esto lo saben hasta los gatos!

Don Luis se puso muy contento, y mandó que trajeran un sillón para el señor cura. Después estuvieron hablando y riéndose... Yo creo que se reían de nosotras...

–¿Entonces ya no tenemos que comprar la ermita? –me dijo Carlota.

–No, ya está todo arreglado. ¡Dice que lo sabía *Pirracas!*... ¡Qué tontería!

–Nos lo hubiera dicho, ¿verdad?

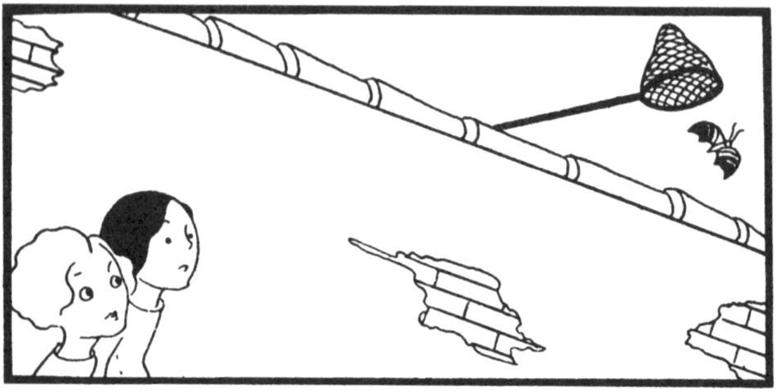

El duende

Jugábamos en el jardín una mañana Carlotica y yo, cuando vimos un caza-mariposas que aparecía y desaparecía por encima de la tapia del huerto.

«¿Quién será? ¿Quién no será?», decíamos, recordando que no habíamos visto en el pueblo a nadie que cazara mariposas con red. Además, ¿cómo había entrado si estaba la puerta cerrada?

Yo miré por el ojo de la llave y vi, ¡Dios mío lo que vi! ¡Un duende!...

Chiquito, rubio, muy rubio y muy blanco, aunque no transparente, como dice doña Benita, con unos pantalones encarnados y un gorro en punta...

Del gorro puntiagudo nadie me había dicho nada, pero yo estaba segura de que los duendes lo llevaban. ¡Y era verdad!

–Mira tú, Carlotica. ¿Qué ves?

–Un niño vestido de colorado.

–¡No, boba! Es un duende...

Dimos la vuelta a la llave y entramos en el huerto.

–¡Duende! ¡Duendecito!

Nada, no nos hacía caso. Corría de un lado para otro sin mirarnos.

–¡Chist!

¡Cómo se reía porque había cogido una mariposa!

Llegamos hasta él y le puse una mano en el hombro.

–¡Duende!

Me miró y vi que tenía los ojos azules.

–¡Duendecito!

Entonces dijo unas cosas muy raras que no entendimos.

–¿Qué ha dicho? –preguntó Carlotica.

–¡Vete tú a saber! Los duendes no hablan como nosotros.

–¿Dónde vives, duende? ¿Vives en el sótano o en el granero? Nunca te habíamos visto hasta ahora...

No contestaba nada. Se reía y nos enseñaba unos dientes muy blancos.

–Mira, Carlotica, mira qué gordito está... ¡Y decía doña Benita que no son de carne!

–¡Parece un niño!

–¡Qué ha de parecer! ¿No ves cómo habla? Además, ¿has visto tú algún niño que tenga el pelo tan rubio y vaya vestido de colorado, con un gorro en punta?

–¡Es verdad!

–¡Claro que es verdad! ¡Hay que fijarse en las cosas!

–Pero no tiene alas...

–¡Serás boba! Los duendes no tienen alas porque se les rompieron al caerse del cielo; pero ya verás cómo tiene señales en la espalda de haberlas tenido... Tírale tú de la camisa por ese lado mientras yo se la desabrocho.

¡No se dejaba! Riendo se retorcía y se escurría... ¡Tenía cosquillas como una persona! Pasó una mariposa, y se es-

capó detrás de ella corriendo. Me acordé que me había dicho doña Benita que eran golosos...

–Quédate tú al cuidado, para que no se vaya del huerto, mientras yo voy a buscar unos bombones que me han traído ayer y están en mi cuarto.

¡Qué alegría le entró cuando me vio volver con el paquete! Dejó la red y se vino a mí.

Los comía como si fueran cerezas... Uno, otro, otro, otro... ¡Si le dejo no queda uno! Cuando cerré el paquete se puso muy triste y abrió la boca para que yo viera que ya se los había tragado todos.

–Sí, sí, ya lo veo. Pero ¿te cres tú que los bombones se comen como píldoras? Si vienes con nosotras te daremos más...

–¿Dónde vamos? –dijo Carlotica.

–Al gallinero. Ahora no hay allí nadie y está oscuro. A los duendes les gustan los rincones oscuros... ¡Como que no sé yo cómo se ha venido éste al huerto!

Andábamos enseñándole el paquete de bombones, y se vino detrás hasta meterse en el gallinero, que estaba abierto y sin gallinas. Los tres nos sentamos en el suelo.

–Toma, duende, toma los bombones... Pero ya no te has de ir nunca. Serás mi amigo, y yo te llamaré... ¿Cómo te llamaré?

–Llámale José Luis, como el niño que vive en el hotel grande.

–No puede ser. ¿No ves que es nombre de persona?

El pícaro me había quitado el paquete de bombones y se los estaba comiendo muy de prisa. ¡Si llega a ser un niño, revienta!

–¿Ves como es un duende? ¿Has visto tú un niño que se coma así los bombones?

–¡Anda! Yo me los comería si me dejaran...

–¡Qué tonta! Voy a buscar una baraja para que no se aburra cuando le dejemos encerrado aquí. A los duendes les gusta mucho jugar a la baraja...

Subí al billar y me encontré a mamá que bajaba la escalera.

–¿Dónde te metes toda la mañana, criatura?

–He encontrado un duende, mamita, y no quiero que se me escape.

–¡Jesús, qué cabeza destornillada!

Y mamá se metió en su cuarto sin hacerme caso.

Encontré la baraja en el cajón de la mesita pequeña, y bajaba con ella corriendo cuando subía doña Benita.

–¿Dónde vas con la baraja? ¿No ves que te van a reñir si la manchas?

–Es para un duende que he encontrado.

–¡Bendito sea Dios! ¿Pero lo ves?

–¡Ya lo creo! ¡Es más guapín! Tiene un gorro colorado. Ven tú a verlo...

–No, hija, yo no lo vería. Las cosas del otro mundo sólo las ven los niños... ¿Le has conjurado para que te diga quién es?

–¿Qué es eso?

–Dile: «En nombre de Dios, yo te conjuro para que me digas si eres duende, alma en pena o espíritu infernal».

–Pero si no sabe hablar como nosotros...

–No importa; tú le entenderás. ¡Qué cosas, Señor, qué cosas! ¡Para que digan que una ve visiones!

De un salto volví al gallinero. Ya se había comido los bombones y se quería marchar. Carlotica estaba luchando con él a brazo partido...

Me cogió las manos para ver si le traía más, y abrió la boca para que viera que se los había comido.

–¡Ya sé, ya sé! ¡Capaz serías de comerte todos los de una confitería! ¡Júrame por Dios que eres duende y no espíritu de Barrabás!

–Eso debe de ser –dijo Carlotica, que estaba furiosa.

–Mira qué mordisco me ha dado.

De pronto le entró al duende una furia terrible. Se tiró al suelo y empezó a revolcarse... ¡Cómo se puso! Hasta la cara se le llenó de basura...

–Es que quiere volverse al sótano de donde ha salido.

Decidimos encerrarlo con llave en el gallinero y abrir la tapa del sótano entre las dos.

En el jardín estaba papá.

–Papaíto, ¿quieres abrirnos la puerta del sótano?

–¿Para qué?

–Para meter al duende que vive allí, y ahora está desesperado por volver.

–Pero ¿dónde está ese duende?

–En el gallinero. ¿No le oyes dar patadas en la puerta? ¡Está furioso!

–¡Pues es verdad! ¡Va a romper la puerta! ¿Pero a quién diablos tenéis encerrado ahí?

–Al duende, papaíto. ¿No te lo estamos diciendo?

–¿Es algún perro?

–No. ¡Es un duende con su gorro colorado! ¡Ven y verás!

Manuel, que estaba atando los rosales, se reía como un tonto que es, y fue delante de todos a abrir la puerta.

–¡Que se va a escapar, Manuel! ¡No le dejes salir!

¡Se escapó! en cuanto vio la puerta abierta, salió corriendo al jardín, y a la carretera por la puerta de servicio.

–¡Si es el pequeño de los alemanes, señorita! ¡Pues sí que se ha puesto hecho un San Lázaro! La pobre señora lo anda buscando toda la mañana... Aquí ha estado hace un rato a preguntar por él...

–Ya te decía yo que parecía un niño –me dijo Carlotica.

Y papá:

–¡Pero, Celia..., hija mía!...

Me pongo a servir

Papá y mamá hablaban sentados en la terraza, y yo jugaba a hacer casitas a su lado.

–Este año hemos gastado mucho –decía papá–. El viaje a París y la estancia en Suiza ha subido un pico...

–He tenido yo la culpa –contestaba mamá–. La visita a los modistos me hizo perder un poco la cabeza... Luego, tú me animabas a comprar...

–¡Claro, mujer! Y estoy muy contento de que lo hicieras. ¡No faltaba más!... Ahora llega el invierno y normalizaremos los gastos y el trabajo... ¡Hay que trabajar de firme!...

¡Pobre papá, qué bueno es y cuánto le quiero!

–Dime, papaíto, ¿no podría trabajar yo también? Así los dos ganaríamos dinero...

–¡Mira, no está mal la idea! ¿Y qué es lo que tú sabes hacer?

–Pues sé acunar a un niño, cuidar de que las gallinas no salten al huerto, dar de comer a las palomas, arrancar la hierba de los paseos... y muchas cosas más.

–¡Muy bien! Creo que podríamos ponerte de criadita, a ganar cinco pesetas todos los meses. Ya lo pensaremos.

Mamá se echó a reír y me besó en la frente.

Pero pasaron los días y papá no me decía nada. ¿Es que se le había olvidado? No; es que le daba lástima que yo trabajara como él. Le conozco bien.

Entonces me decidí a hacerlo sin decirle nada. Después se alegraría y cuando le trajera un duro reluciente me daría muchos besos.

No podía irme a servir con mis vestidos de seda. Tenía que vestirme como Josefa, la hija de María, la guardesa, que es un poco más alta que yo y está sirviendo en el pueblo.

Precisamente su madre tenía una falda azul de ella tendida a secar en el huerto. ¡Era lo que yo necesitaba!

Me la puse y me estaba bien. Después me quité el lazo del pelo y me lo até con un cordón, como un moñito. ¡Ea, ya era una criada! ¡A servir!

Andando, andando, salí del pueblo a campo traviesa y sin que me viera nadie... Después corrí mucho, hasta ver las primeras casas de Otero.

Llamé en una puerta.

–¡Ave María Purísima!

–¡Sin pecado concebida!

–¿Necesitan una criadita?

–¡Jesús! ¿Y qué sabes hacer tú?

–¡Pues sé acunar a un niño!

–Ya, ya; mucho no puede ser... Pues aquí no necesitamos criada, pero llama en aquella puerta grande y puede que te tomen.

Llamé, y salió una mujer con el pelo revuelto.

–¿Qué quieres?
–Que si necesitan criada...
–¿Quién te ha mandado venir?
–De aquella casa de enfrente.
–¡Ah! La tía Carlota. ¡Tú no eres de este pueblo!
–No, señora.

–¿Eres del de al lado?

–Sí, señora.

–¿Te mandan tus padres a servir? ¿Y cuánto quieren que ganes?

–Cinco pesetas.

–¡Qué atrocidad! Te daré tres, si te conviene.

–Bueno.

–¡Estás muy flaca y muy descolorida! ¡Y qué manitas tienes! ¿Es que has estado enferma?

–No, señora.

–Pues, hija, no sé qué te noto que no es natural... Bueno, quédate, y cuando venga mi Juan Antonio veremos qué dice.

Me mandó acunar a un niño que dormía en una habitación oscura y que olía muy mal.

Después me llamó para que la ayudara a mondar patatas.

–¿Cómo te llamas?

–Celia.

–Nunca he oído ese nombre... Pero ¿no sabes mondar patatas? ¿Es que no las mondabas en tu casa?

–No, señora.

–Pues, hija, me parece que no eres una alhaja.

–Sé cuidar de las gallinas para que no entren al huerto, y arrancar la hierba de los paseos...

–¿De qué paseos? ¡Pues sí que sabes tú unas cosas útiles! Mira a ver si hay pan reciente en el cajón de la mesa.

–No hay.

–Bueno, pues trae de lo que *haiga.*

–No se dice *haiga,* sino *haya...*

–¡Anda con Dios, con lo que sale! ¡Qué más dará!... Tráeme aquel pucherete, que vamos a hacer la papilla al niño.

Y se puso a echar aceite y azúcar, y pan y agua... ¡Una porquería!

–Le va a hacer daño eso... Los niños pequeños toman fosfatina...

–¿Tienes hermanos?

–Sí, tengo uno pequeñito.

–¿Y le dais fosfatina?

–¡Claro!

–¿Y luego te mandan a ti a servir? ¡No pega bien eso!... Mi niño come papilla porque es hijo de unos *probes.*

–¡Pobres!

–¡Como se diga, hija, que *paeces* talmente una maestra de escuela!... ¿Sabrás ir al Romeral?

–No sé.

–Pues aprendes. En saliendo a la carretera verás un atajo a mano zurda..., y *to seguío.* Allí está la cabra *atá* a una estaca. Te la traes *pa* casa... ¡Espabila, muchacha, que *paece* que estás *atontá!*

Y me dio un meneo que a poco me tira. ¡Qué mujer más tonta! Mamá no hace eso con Juana.

Salí a la carretera. ¿Cuál era la mano zurda, Dios mío? Venían unas chicas y les pregunté:

–¿Dónde está el Romeral?

–Por ese camino. ¿No eres del pueblo?

–No.

–¿Dónde vives?

–Allí, en la puerta grande.

–En casa de la Antonia. ¿Vas por la cabra? ¡Qué chica más rara!... ¡Te *paeces* a una que vino con los titiriteros!

Seguí por el camino que me dijeron, y estuve andando no sé cuántas horas, sin encontrar la cabra. ¡Qué difícil es servir! Estaba cansada y decidí volverme a mi casa. ¡No me daba más que tres pesetas y me reñía mucho!...

De pronto oí voces y vi venir a la Guardia Civil con un hombre que gritaba: «¡Celia! ¡Celia!». ¡Pero si era Manuel, el guarda!

¡Qué contento se puso cuando me vio! ¡Yo no sabía que me quería tanto!

–¡Vaya un día que nos has dado! ¡Ya sabía yo que no estabas lejos! Pero ¿para qué te has vestido así?

–Es que me he puesto a servir.

–¡Vamos a casa! ¡Buenos están los señores!

Los guardias me miraban muy asombrados. Al fin me dijeron:

–¿Has venido aquí sola?

–Sola. Me mandó la Antonia por la cabra. No quiero servirle más, pero me debe tres pesetas. Pídanselas ustedes, y luego hagan el favor de llevármelas a casa, porque hemos gastado mucho este verano.

Encerrados

¿Os acordáis de que cuando trajeron a mi hermanito dijeron que era para mí sola?

Papá me lo prometió, y yo quise regalar mis muñecas a Solita, creyendo que ya no me hacían falta.

Pues luego ha resultado que Baby era para mamá y el ama, que lo llevan y lo traen, y lo visten y lo desnudan. A mí no me han dejado tenerle en brazos ni una sola vez.

Se lo he dicho a papá:

–Dime, papaíto: ¿de quién es el niño?

–Nuestro. De mamá, tuyo y mío.

–¿Pero no decías que era para mí sola, cuando lo iban a traer?

–¿He dicho yo eso? Bueno..., sí; es tu hermanito.

–No, no era así. Tú decías: «Será tuyo, como una de tus muñecas». Y yo quise darlas... ¡Ya ves: ahora no me dejan ni tenerlo en brazos!

–Está muy gordo; pesa mucho y lo tirarías... Además, ¡es tan malo! La verdad es que nosotros pedimos un niño bueno y nos han mandado un niño malo. ¿No te parece que debíamos cambiarlo?

–¿Y si nos mandan otro peor? No, no. Yo quiero mucho a éste... ¡Vaya una idea!

Ayer me lo encontré despierto en su cuna, y no había nadie con él. Al ama la oía hablar en la cocina.

–¿Quieres que te vista?

Se reía y me echaba los bracitos para que le cogiera. ¡Es más rico!

–Hoy te bañaré yo y te pondré ropita limpia... Ya verán luego si sé cuidarte o no.

Allí estaba la ropa ya preparada. La llevé al cuarto de baño, y después cogí a Baby, que me apretó el cuello con los brazos. ¡Cómo pesaba! Casi no podía andar con él, y fuimos a tropezones por el pasillo.

Lo senté en el suelo y le puse delante todos los frascos que pude alcanzar de la mesita y de los estantes, para que se entretuviera mientras se llenaba el baño.

El agua estaba abrasando de caliente. Eché fría y se quedó helada. Abrí el grifo de la caliente, y volvió a quemar...

Mientras, Baby había vertido un frasco y lo restregaba en el suelo con las manos. Después se quiso beber el charquito. ¡Huy, qué niño más revoltoso!

Lo desnudé. Tenía más de sesenta imperdibles y cientos de cintas atadas por todas partes. ¡Vaya un modo de hacerle los vestidos!

Ya desnudito, lo metí en el baño. ¡Dios mío, lo que pesaba! Casi se me cayó, y a poco más se ahoga...

Se le hundía la cabeza en el agua, y yo no lo podía sostener, porque el baño es muy hondo... Movía los brazos como si quisiera nadar, y se ponía muy colorado... Hacía pucheros; pero como tragaba agua, no lloraba... ¡Qué apuros pasé!

Quité el tapón del baño para que se vaciara un poco, y en seguida se marchó tanta agua, que Baby se pudo sen-

tar. Entonces se reía y daba palmadas en el fondo. Los espejos y el techo se llenaron de gotitas, como si lloviera.

Cuando se marchó toda el agua y se quedó el baño seco, quise sacar al niño; pero no podía, porque como estaba mojado, pesaba más.

Entonces decidí vestirlo dentro del baño, y me metí yo también, con todas las toallas y la ropa que le iba a poner.

De todos aquellos vestidos, ¿cuál sería el que había que ponerle primero? Me figuré que era igual. Seguramente tampoco el ama lo sabe y le pone el primero que encuentra.

En esto estábamos, cuando oí gritar. Era doña Benita, que decía: «¡Se lo habrán llevado los gitanos!». ¿Qué se habrían llevado? Escuché; pero aunque seguían gritando, se fueron más lejos y ya no oí nada.

¡Era tan difícil vestir a Baby! Yo no sabía si era torciéndole los brazos hacia dentro o hacia afuera como se le ponían las mangas.

Volví a oír gritos. Era el ama que lloraba dando unos chillidos como si la estuvieran matando... Después, la voz de papá:

–¡Cállese usted, mujer!

¿Qué les pasaría? En cuanto vistiera a Baby saldría a verlo.

Aquello no se acababa nunca. Le ponía vestidos y más vestidos, y siempre quedaba alguno que poner... Me parecía que algo le faltaba o le sobraba, porque los demás días no estaba vestido así...

Entonces oí a mamá:

–¿Dónde está la niña?

Y a doña Benita:

–Han sido los gitanos.

Y papá, furioso:

–¡No diga usted tonterías, señora!

¡Tran, tran, tran!

–¡Celia! ¿Estás aquí?

Era mamá la que llamaba a la puerta, y detrás de ella debían de estar papá, el ama, doña Benita, Juana y hasta Manuel y el chófer.

–Sí, aquí estoy. ¿Qué pasa? ¿Por qué venís todos?

–¿Está contigo el niño?

Yo no sabía qué decir. Seguramente se iban a enfadar...

–¡Contesta, Celia! –dijo papá–. ¿Tienes al niño ahí?

–Sí, aquí está...

–¡Bendito sea Dios!

Y mamá tenía la voz como si llorara...

–¡Abre!

Sí, sí; eso se decía muy bien; pero el pestillo, que yo había corrido tan fácilmente, ahora no se podía desechar. Apreté con todas mis fuerzas; me subí a una silla para hacerlo mejor... Nada... No era posible...

–¡No puedo correr el pestillo!

–¡Sólo nos faltaba eso! ¿Para qué te has encerrado, tonta?

Entonces me puse a llorar, y Baby también, porque se había caído... Yo notaba que estaban enfadados...

–¡No llores ahora! ¡Abre!

–¿Pero no os digo que no puedo?

–Pues tienes que poder. ¿No ves que la ventana tiene reja y no puedes salir por otra parte?

¡Era verdad! ¡Ay, Dios mío, que si no podíamos salir nos moriríamos de hambre! ¡Ay, lo que había hecho! ¿Qué iba a pasar?

Yo lloraba tan fuerte, que ya no oía lo que decían fuera; pero la puerta se movía por los golpes que daban.

–¡Abre! ¡Prueba otra vez a descorrer el pestillo!

Papá tenía la voz cambiada, como si estuviera muy asustado.

Volví a subirme en la silla y apretar con todas mis fuerzas.

–¿Para qué lado tengo que dar la vuelta?

–Hacia fuera..., hacia el rincón.

¿Y qué era hacia fuera y hacia el rincón? ¡Me dolían los dedos mucho y se me hundían de apretar el hierro!

–¡Me hago daño en los dedos!

–Envuélvete la mano en una toalla.

La envolví de todas maneras. Primero, mucho, y ya no podía mover la mano...; después, un poco menos...

–¡Abre, Celia!

Y la puerta volvió a temblar a golpes.

–Esperad, que voy a probar ahora...

Con el trapo me hacía menos daño, y, de pronto, sin saber cómo y casi sin fuerza, se descorrió el pestillo. Me bajé de la silla...

–¡Ya está!...

Abrieron. Entró papá y mamá... Cogieron a Baby y le besaron, como si le hubiera sucedido una desgracia... ¡Después sucedió una cosa horrible!... ¡Mamá me cogió a mí y me pegó una azotina!... ¡Y ni papá me defendió!

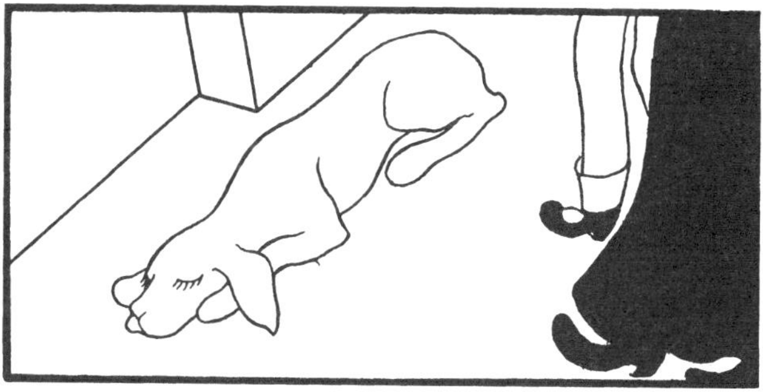

El pobre «Domingo»

Juan, el chófer, y su mujer están siempre solos, porque nunca les han traído un niño.

–¡Si lo pidierais a la cigüeña! Papá me ha dicho que ella trae todos los niños del pueblo.

Y se lo pidieron. Pero ¿sabéis lo que les trajo?... Pues un perrucho chiquito y feo.

Yo no les dije nada; al contrario, lo acaricié y les dije que era un perrito precioso. A ellos les gustaba mucho y no hacían más que decir que era muy bueno para las ratas.

Lo que me pareció mal es el nombre que le pusieron. En vez de *Sultán* o *Dik*, o cualquiera de esos nombres que se ponen a los perros, le llamaron *Domingo.*

Bueno, pues *Dominguito* que era feo, sucio y revoltoso, quería a sus amos una atrocidad, y la verdad es que no se lo merecían. Juan lo trataba a patadas, y la Antonia no lo acariciaba nunca. Sin embargo, él les lamía las manos y los miraba con más cariño...

Y a mí, a mí también me quería. No tanto como a sus amos, pero casi tanto.

Un día, cuando acabábamos de llegar a la Sierra, papá riñó mucho a Juan. Que si limpiaba, que si no limpiaba, que si las ruedas, que si los acumuladores. ¡Qué sé yo!... Una trifulca de esas que arman los mayores algunas veces.

Al día siguiente por la mañana Juan y la Antonia cargaron en un carro sus baúles y se fueron camino de la estación, con *Domingo* detrás.

Pero al mediodía volvió el perro, muy cansado y muy triste. Se hizo un ovillo en la puerta del garaje, y aullando como si llorara, se durmió.

–¿Por qué ha vuelto *Domingo,* doña Benita?

–Porque lo han abandonado.

–¿Qué es eso?

–Pues que ellos se han subido al tren y a él lo han dejado en la estación.

–¡Qué bribones! ¿Y por qué no se habrá ido corriendo detrás?

–Porque no ha podido. Ya ves qué cansado está. Habrá querido seguirles y no les ha alcanzado. El tren corre mucho.

Esto fue una maldad terrible. Yo quise que se lo dijeran a la Guardia Civil, y al rey, y al papa... Y que castigaran a Juan y a su mujer y los llevaran a la cárcel... Pero nadie me hizo caso.

Por la tarde, a la hora del tren, *Domingo* se marchó por la carretera camino de la estación. Iba muy contento.

–¿Es que se cree que van a volver sus amos?

–Eso es. Como a esta hora volvía Juan cuando iba a Segovia...

Volvió muy tarde y muy triste, con el rabo entre las piernas y la cabeza gacha. Se echó otra vez en la puerta del garaje y no quiso comer lo que le puse.

–¿Qué te ha ocurrido, pobrecito? ¡No han vuelto! Ya no volverán... Eran unos malos...

Al día siguiente *Dominguito* se marchó muy contento a la estación..., y volvió más triste que la primera vez.

Y ya todos los días se iba a la misma hora, cada vez menos alegre, y volvía de noche más triste cada día.

Como no comía casi, se estaba quedando flaco y las pulgas se lo tragaban.

–Acabará por morirse –había dicho doña Benita.

Pero una noche, cuando volvió de la estación, en lugar de quedarse en la puerta del garaje, entró en casa dando aullidos y con una pata arrastrando.

–La tiene rota –dijo papá–, y en seguida mandó por algodones y vendas para curarle.

Domingo se estuvo quieto mientras lo curaban, quejándose muy triste y mirando a papá con los ojos llenos de lágrimas.

Papá le puso unos cartones muy fuertes, después de lavarlo, y luego lo vendó con algodones y gasas. En un almohadón lo llevaron al cuarto del jardín, y le pusieron una cazuelita de leche al lado.

Poco a poco se fue curando. Un día papá le quitó las vendas y dijo que ya estaba bueno. No volvió más a la estación, y nos quería tanto, que no se separaba de nosotros. Después de lavado resultó que era un perro precioso, y todos le queríamos mucho. Hasta *Pirracas*, que le espulgaba todos los días.

Una mañana, al volver de paseo por el campo, trajo a otro perro, que se quedó en la puerta. *Domingo* aullaba delante de papá y salía a ver al perro; después entraba y volvía a aullar.

–¿Qué le pasa? ¿Qué quiere? –decíamos.

Hasta que papá vio al perrito de la puerta, que tenía la pata rota y no se atrevía a entrar. Es que *Domingo* lo había traído para que papá le curara.

–¡Jesús, Jesús! ¡Si no lo viera no lo creería! ¡Este perro es una cosa del otro mundo! –decía doña Benita.

Pero papá aseguró que eso lo hacen todos los perros, desde que los crió Dios, y que doña Benita era una aspaventera.

Después curó al perrito su pata, como había curado a *Domingo,* y aunque quisimos que se quedara en el jardín se marchó a casa de sus amos a la pata coja.

Desde entonces, *Domingo* traía algunas veces con él, para que le curara papá, otro perro con una herida en una oreja, o sangre en una pata o en el hocico.

–Va aumentando la clientela –decía mamá.

Pero un día vino Manuel, diciendo que Juan estaba en la puerta reclamando a su perro para llevárselo.

–Bueno. Le quitas las correas y que se lo lleve. No le quiero ver.

–¡No, papá, no se lo devuelvas!...

–Es suyo.

Yo salí a la puerta, y allí estaba Juan, el chófer.

–¡Eres muy malo! Ahora que *Domingo* era nuestro, vienes por él, y antes lo dejaste solo en la estación.

–¡Hola, pequeña! Es que ahora estoy en un garaje muy grande, y como *Domingo* es bueno para las ratas y allí hay muchas...

–Y tú no eres bueno ni para las ratas ni para las personas. ¡Dios te castigará!

No me hizo caso. Ató a *Domingo* una cuerda al cuello, porque no quería seguirle, y se lo llevó medio a rastras por la carretera.

Yo me quedé llorando.

En casa de tía Julia

La tía Julia es hermana de papá y el primo Gerardo es hijo de la tía Julia, y médico además.

Los dos viven cerca del mar, en una casa muy grande, en medio de un jardín lleno de olivos y cipreses.

Y ahora hemos venido a pasar unos días con ellos, porque decían en una carta que me querían mucho y que estaban deseando conocerme.

En el jardín de tía Julia, que es muy grande, viven diez o doce gatos tan listos que cuando vocea la mujer que vende las sardinas hay que salir a defenderla.

Cocó, el gato de Angora, es muy guapo y muy grande. Tiene el pelo negro y la pechuga y el cuello blancos. Se parece a Gerardo cuando se viste de etiqueta.

Y también, como él, se marcha por la noche y no vuelve hasta que es muy de día. Pero no viene de mal humor ni contesta a gritos, cuando le preguntan dónde ha estado.

Al contrario, desde mucho antes de llegar a casa viene explicando con la voz un poco ronquilla del relente, los negocios que lo han entretenido tantas horas fuera del jardín.

–¡¡Miaaauuu!! ¡¡Miaaauuu!! ¡¡Miaaauuu!

–¿Dónde has estado? ¡Perdido! ¡Mal gato!

–¡¡Miaaauuu!! ¡¡Miaaauuu!! ¡¡Miaaauuu!!

–¡Bueno, bueno! No me cuentes nada y ven a que te cure papá la nariz, que la tienes sangrando...

Un día trajeron, al mismo tiempo, gatitos a *Canalla* y a *Fripoullet.* El jardinero los tiró todos, menos uno, que era muy bonito. Las dos madres lo están criando a un tiempo, sin enfadarse.

A ninguna se le ocurre decir, como tía Julia dice a mamá:

–¡Ay, hija! ¡Qué mal educas a la niña! ¡Si fuera mía, ya le quitaría yo las mañas!

El primo Gerardo, como es médico, tiene un cuaderno en que apunta todos los remedios. Mamá contó un día en la mesa:

–La gata negra comía hoy raíz de grama, porque han tirado a sus hijos y ya no ha de criar.

Mi primo apuntó en un papel. Era la receta. Decía así: «Cuando a una mujer que está criando le tiren sus hijos, que coma raíz de grama».

Al hotel de al lado ha venido una familia americana que tiene una pecera y una cacatúa. Nuestros gatos están asombrados y se pasan el día asomados a la verja.

A la cacatúa, para que no estorbe arriba mientras colocan los muebles, la han puesto en la cochera, entre los cajones de embalar.

Una señora gorda, vestida de colorado, le hace caricias todo el día. Yo la he visto, escondida entre los árboles del jardín.

–*¡Pobresita Chonchón!* Tu amita te va a abrir la sombrilla linda para que no te enojes...

Era una bobada, porque en la cochera no daba el sol.

–¡Buenos días, Pancho! ¡Buenos días, Pancho! ¡El chocolate! ¡El chocolate! –gritaba la cacatúa.

–Cállate, *corasón*... El negro Pancho está lejitos y no te oirá. Tu amita te va a traer el chocolate, mi niña.

–¡El chocolate! ¡El chocolate!

Su amita le trajo una taza de chocolate muy espeso, que olía muy bien, y se lo puso en el comedero. Después echó dentro pedacitos de bizcocho.

–¡Come tú, mi niña, come tú! –le dijo, y se marchó, después de hacerle caricias y besarla en las alas.

En seguida vi pasar a *Fripoullet* entre los cajones, mirando a la cacatúa con ojos brillantes... De pronto se subió a un cajón.

–¡Aaaaah! ¡Aaaaah! –gritó aterrada *Chonchón*.

Pero *Fripoullet* siguió tranquila su paseo por encima de los cajones, hasta llegar al que estaba junto a la percha. Miró a la cacatúa, un poco inquieta, y metió su hocico pecador en el chocolate.

–¡Aaaaaah! ¡Aaaaaah! –gritaba el pajarraco para asustarla.

Sí, sí; *Fripoullet* no se asusta... En su vida había comido un chocolate más exquisito... al fin lo acabó todo, y sólo le faltaba rebañar la taza, cuando la otra tuvo una idea magnífica. Cantó: «¡Santo Dios! ¡Santo fuerte! ¡Santo inmortal!».

Entonces la gata la miró asombrada con los ojos muy abiertos... ¡Nunca había oído hablar a un pájaro!... Se tiró al suelo y corrió bufando a esconderse en un rincón del jardín. La cacatúa gritaba:

–¡No hay chocolate! ¡No hay chocolate!

Al día siguiente vi a *Bicot* mirando la pecera, que estaba al sol en una ventana. Los peces dorados se movían dentro de la bola de cristal, y era muy bonito verlo...

Pero *Bicot* no se contentó con eso, sino que saltó a la ventana y metió el hocico, y la pata después, en la pecera para sacarlos... Salió el amita y no pasó más.

Hoy estaba yo en la puerta del jardín cuando ha pasado la criada negra, que me ha dicho muy enfadada:

–Dime, niña: ¿se puede saber para qué tenéis esa tropa de gatos?

–¿A ti qué te importa?

–Porque, cuando hay limpieza y buenas ratoneras, no hacen falta gatos que cacen a los ratones...

–¡Serás tonta! Si no los cazan; los asustan nada más.

–Pues en casa no se contentan con dar sustos, sino que han sacado los peces de la pecera y se los han comido...

–¡Qué bribones!

–Y todos los días se toman el chocolate de la niña *Chonchón,* y me comen las chuletas, y han mordisqueado el queso y el jamón, y meten el hocico en el cazo de la leche... Y esto no puede seguir así... Niña Aramita se ha pasado llorando toda la mañana...

–¿Es otra cacatúa?

–¡Cállate, descarada! Cuando se tienen gatos mal criados, hay que marcharse a vivir a la manigua... Y les dices a tus papás que o matan a los gatos o mi amita dará parte a la policía, y se los tirarán al mar. Porque si se ha figurado...

–Oye, oye, negra, que tú no sabes lo que dices...

–¡Chist! ¡A callar! Las niñas no hablan hasta que han acabado los mayores.

–Pues tendré que esperar a que te vayas, porque pareces una tarabilla... ¿Tienes más que echar a los gatos de tu casa?...

–Sí, sí; les he querido pegar, y me han arañado. ¡Ay, cómo me duele! ¡Qué *desgrasiaíta* soy!

–Pues, hija, ¡no te apuras tú poco por un arañazo! ¿Cuál ha sido?

–Un *gataso* negro que *parese* un demonio...

–Sí, es *Cocó.* Tiene mal genio y no se deja coger... Pero otro día le arañas tú a él, y ya estáis en paz.

El colegio francés

¡Se acabó el verano! Ya estamos en Madrid. Estos días, todos los mayores están de mal humor...

Papá no encuentra unos papeles que dejó no sé dónde, y revuelve por todas partes.

–¿Qué buscas, papaíto?

–¡Déjame... que tengo un humor!...

Mamá dice que la casa es pequeña, que es oscura, que le faltan tres habitaciones...

–Pero, mamita, ¿es que te figuras que se nos han perdido?

–¡No seas ridícula y déjame!... Tengo un humor muy malo.

Entretanto, las muchachas y doña Benita andan con los muebles de una habitación a otra, limpia que limpia, y también furiosas.

Pirracas, aterrada, no quiere salir de debajo del armario de mi cuarto.

Y yo no sé dónde estar, porque todos los balcones están abiertos y en todas partes me dicen que estorbo.

–¿Pero qué haces aquí molestando a Juana mientras limpia los cristales?

–Ya he probado a meterme debajo del armario con la gata, y no he podido.

–¿Qué estás diciendo? Hay que resolver lo que se hace contigo, porque esto no puede seguir así...

Y aquella misma tarde quedó resuelto. Mamá salió a la calle y vino hablando de un colegio que había visto.

–Es magnífico. Las madres son inteligentísimas y tienen un tacto admirable para tratar con criaturas. María Luz habla y no acaba del orden maravilloso con que allí se estudia.

–¿Quién es María Luz, mamá?

–La madre de Pisita.

–¿Entonces iré con Pisita al colegio?

–No. Ella no va ya...

–¡Ah, sí! Porque ya lo ha aprendido todo, ¿verdad? ¡Cómo me gusta a mí ese colegio! En otros hay que ir todos los días, y nunca se aprende nada... ¿Cómo van vestidas las madres? ¿De blanco o de negro?

–¡Cállate, charlatana!

Aún le seguía el mal humor a mamá...

En seguida me hicieron un vestido negro con un lazo de color y un sombrero de piel. Por la mañana bajé con Juana al portal a esperar un coche muy grande que vino a buscarme para ir al colegio.

Una madre me ayudó a subir y me sentó a su lado. Todas las niñas me miraban cuchicheando y se reían. ¡Qué tontas! Yo les saqué la lengua...

Entonces le dijeron a la madre una cosa que no entendí, y me miró muy seria... Me puse muy encarnada y bajé los ojos con muchas ganas de llorar.

Al fin llegamos al colegio. Todas bajaron, y la madre y yo nos quedamos las últimas...

Primero rezamos en una iglesia. Escuché lo que decían

y no entendí nada. Me pareció que hablaban como el peluquero de mamá, que es francés.

Después entramos en un salón muy grande, y todas se sentaron. Me miraban, y yo no sabía qué hacer ni dónde sentarme... No conocía a nadie y tenía mucha pena...

Vino una monja y me llevó de la mano por unos pasillos largos hasta una habitación que parecía un despacho. Allí había una madre y me quedé sola con ella.

–¿No sabe usted francés, *mademoiselle?*

–No. Pero sé inglés, y me llamo Celia...

–Ya lo sé. Vamos a ver. Contésteme usted sin miedo lo que sepa... ¿Cuál es la capital de Francia?

–Madrid.

–¿Está usted segura, *mademoiselle?*

–¡Ya lo creo!

–Y la capital de España, ¿cuál es?

–Madrid.

–¿Cómo se explica usted que Madrid sea la capital de dos naciones?

–Porque sí, porque es la capital.

–Bien. ¿Sabe usted lo que es la luna?

–Un farol muy precioso, con una boca muy grande que se tragó al viejo de la leña...

–¡Chist! ¿No ha ido usted nunca al colegio, *mademoiselle?*

–Sí, he ido; pero en aquel colegio tampoco sabían nada. Doña Benita es la que me explica todas las cosas.

–¡Muy bien! Otro día nos las contará usted. Por ahora ya sé bastante. Sólo tengo que decirle que aquí está prohibido emplear el idioma castellano fuera de las clases en que se trate de él.

–Bueno. Hablaré en inglés.

–No, *mademoiselle*, no; hablará usted en francés.

–Pero si no sé...

–No importa; así aprenderá. Lo que no sepa decir, se lo pregunta a la compañera que está a su lado... Puede usted retirarse...

Me encontré en el pasillo largo por donde había venido, y andando, andando, llegué a una clase que no era la mía. Todas me miraron, y la madre que estaba explicando me dijo no sé qué, muy enfadada.

Escapé a correr y salí al jardín. ¡Allí respiré! ¡Vaya un colegio! No sabían nada, ni siquiera hablar como yo... Me hubiera ido, pero todas las puertas estaban cerradas.

Entonces oí mucho ruido y vi que todas las niñas salían al jardín. ¡En ninguna parte me dejaban tranquila!

–¿Es que nos vamos a casa? –pregunté a una niña.

–*Qu'est-ce que vous dites, mademoiselle?*

¡Vaya, tampoco sabía hablar! Pero les dijo a otras algo de mí y vinieron a mirarme... ¡Tontas! Les saqué la lengua... Una me tiró del pelo, y yo le pegué en la cara... ¡La que se armó!

Se puso a llorar a gritos. Vino una madre, y todas le contaron lo que había pasado, mirándome a mí.

¡Ah, pero yo también se lo conté! En inglés, para que lo entendiera mejor...

Y lo entendió. Porque como al final yo me eché a llorar, ella me cogió en brazos y fue a sentarse en un banco conmigo.

–*Pauvre enfant! Pauvre mignone!* –decía.

Y como yo entendí que me tenía mucha lástima, lloré más y le dije que todas se burlaban de mí, y que me habían echado de una clase, y que no sabía dónde estar.

Siempre me contestaba en francés, y yo decidí aprender para poder entenderme con aquella madre tan buena.

Me dejó en el suelo y caí sobre uno de sus pies.

–¡Oh! Perdón, *ma soeur,* yo he *pisé a vous...*

–*N'est pas posible, mademoiselle. Je ne suis pas mouillée.*

¡Cómo se reían todas! ¡Tontas! ¡Les hubiera pegado!

Gracias a esta madre no me desesperé más. Ella me llevó a una clase, me hizo sentar y me enseñó a decir algunas cosas.

Cuando volví a casa, todos querían saber cómo lo había pasado.

–Pues mira, mamaíta, no es tan buen colegio como te habían dicho. Ni siquiera sabían cuál era la capital de España... Yo se lo he tenido que decir, y casi no lo querían creer. «¿Está usted segura? ¿Está usted segura?», decían. ¡Parecen tontas!

–¡Pero, hija, eso no puede ser! ¡Es que tú no has comprendido!

–Sí, eso sí, porque la madre que me preguntó sabía español... Pero no sabía lo que era la luna, ni lo del viejo de la leña...

–¡Jesús! ¡Qué tonterías has debido de decir!

–Lo único que saben todas es francés, y hoy he aprendido un poco con una madre muy buena que me quiere mucho...

–Entonces, ¿has aprendido algo?

–No creas, muy poco... Me parece que voy a tener que volver mañana...

El hada en el sotabanco

Ya me canso de ser siempre Celia, y todos los días Celia.

Me gustaría ser la niña que trae los periódicos, o la chica que pide con el ciego en la esquina, o la hija de un rey, o Almendrita, o la Cenicienta...

–¿Siempre Celia, mamá?

–Siempre, aunque no igual que ahora. Serás mayor, te casarás, tendrás una casa como ésta...

–¿Igual que ésta?

–Muy parecida. Después serás viejecita...

–¿Pero siempre Celia?

–A menos que te cambies de nombre...

–No, no es eso. Yo digo que si siempre seré igual.

–¡Vaya, vaya, hija! ¡Déjame en paz, que esto parece el cuento de la buena pipa!...

¡He conseguido no ser Celia todos los días! Algunos ratos soy un hada...

En la buhardilla vive una mujer muy vieja, que fue la portera cuando vivía su marido. Ahora friega y hace recados para ganar dinero.

Un día que estuvo mala, subí con doña Benita a llevarle no sé qué. Llamamos a la puerta y nos dijo que levantáramos el picaporte, porque ella no cierra nunca.

Me acordé de esto, y se me ocurrió repartir todos los días con ella la merienda, sin que nadie lo supiera. Una tarde, al volver del colegio, subí callandito por la escalera de servicio.

Encima de una mesa que tiene arrimada a la pared le dejé una tartina de mantequilla y miel, y me bajé corriendo... Ella no está nunca a esa hora, y al volver creería que un hada había estado en su buhardilla.

Al día siguiente puse cuatro marrones sobre la mesa, y al otro, una onza de chocolate.

Pero ya no subía Celia... Era un hada de verdad. Encontré una gasa un poco rota, pero llena de estrellas doradas, y me la ponía en la cabeza. Además, me descalzaba, porque las hadas van descalzas.

Ocurrió que un día que entré en la buhardilla, como todos, oí una voz que decía desde la cama:

–¿Quién anda ahí?

Era que la viejecita estaba mala otra vez y no había salido de casa. Yo, con una voz muy finita, como debe ser la de las hadas, le dije:

–¡No te asustes, señora Cándida! Soy un hada que te quiere mucho.

–¿Es usted quien me pone todos los días las golosinas encima de la mesa?

–Sí, señora; yo soy.

–¡Muchas gracias, señorita, muchas gracias!... ¡Pero qué sucio está todo para recibirla! Hoy no he podido limpiar...

–¡Bah! Eso no importa. Yo lo pondré todo en orden.

Y sin hacer ruido, doblé la ropa que estaba en el suelo y

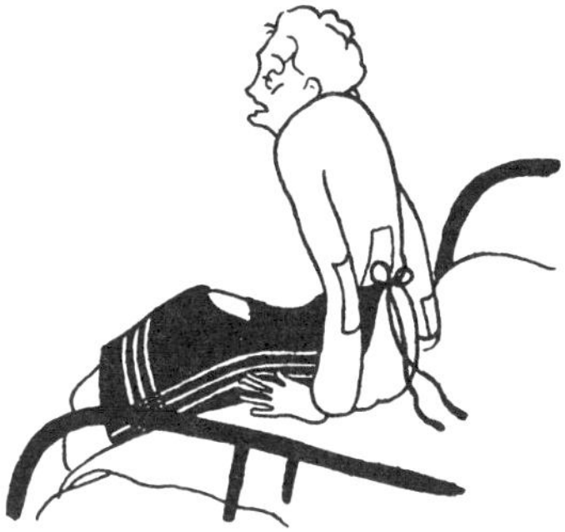

la puse sobre una silla. Coloqué los cacharros en su estante. Abrí la ventana. Recogí los papeles del suelo y limpié el polvo de la mesa.

–Vaya, ya está todo. Ahora dime qué quieres, viejecita. Yo te he traído un puñado de avellanas...

–¡Ay! Lo que yo necesitaba era un médico que me aliviara los dolores...

–¿Y qué más?

–Y un vaso de leche... No he comido nada desde ayer.

–Bueno. Todo lo tendrás, porque yo soy un hada... ¿Qué más quieres?

–¡Dios mío!... ¡Como querer también querría dinero!

–¿Para qué?

–Para poderme estar unos días en la cama sin salir a trabajar...

–¡Lo tendrás!... ¡Adiós!

La viejecita se había incorporado en la cama y me miraba con los ojos muy abiertos; pero no podía verme, porque yo me tapé la cara con mi velo de estrellas y salí corriendo.

En casa busqué el cuadernito donde tiene mamá apuntados los números del teléfono, y llamé a don Antonio, el médico.

–Que venga en seguida a ver a la señora Cándida, que está mala... ¿Que quién es la señora Cándida? Pues una viejecita que vive en Serrano, doscientos. Vendrá, ¿eh? Bueno.

También llamé a la granja de donde traen la leche, para que vinieran en seguida con una lechera bien llena.

Luego vacié mi hucha en una bolsita de raso, y ya iba a salir, cuando salió Juana a buscarme, del cuarto de costura.

–¿Qué estás haciendo, de esa facha?

–Jugando a las hadas.

–¡Ah! Bueno. No revuelvas, ¿eh?

Después le oí decir:

–No hace nada... Siga usted, doña Benita, siga usted contando...

Volví a la buhardilla, y me encontré a la viejecita sentada en la cama y mirando a la puerta. Cuando me vio empezó a llorar...

–No llores... Toma esta bolsa llena de dinero. El médico vendrá corriendo y el lechero también. ¡Yo hago milagros! ¿No me ves descalza y vestida de estrellas? ¡Adiós, señora Cándida!

Y bajé a casa. ¡Estaba tan contenta, que el corazón me latía en el pecho como un reloj!

Por la noche, cuando íbamos a cenar, llegó don Antonio.

–¿Me han llamado ustedes para una pobre mujer que vive en la buhardilla?

Todos dijeron que no.

–Ella dice que ha debido de avisarme un hada o una santa... Creo que anda mal de la cabeza...

Mamá mandó subir a Juana, a ver si la señora Cándida necesitaba algo, y subí con ella.

La viejecita aún lloraba, recordando lo que había pasado, y se lo contó a Juana.

–¡Hija de mi vida! ¡Es un milagro como no se ha visto otro!... Figúrate que una santa vestida de estrellas viene todos los días a mi buhardilla...

–¡Anda salero! ¿Y qué santa es?

–Santa Polonia. No puede ser otra, porque cuando yo tenía dientes me dolían tanto, que le rezaba todas las noches, y después me ha quedado la costumbre de rezarle. Ella ha llamado al médico, me ha traído este cazo de leche, y mira...

Y nos enseñaba la bolsita de raso, sonando el dinero.

–¡Caramba con la santa! ¡Siempre será alguna señorita de la casa!... ¿Y dice usted que es Santa Polonia? Pues yo que usted le pedía que le volvieran a salir los dientes...

–¡Y se lo pediré! ¡Burlona! ¿Es que no lo crees? Pues se lo pediré, y me saldrán, para escarmiento de incrédulos como tú...

Cuando volvimos a casa, Juana lo contó, riéndose de la señora Cándida.

–¿Pues no dice que ha ido a verla Santa Polonia? La verdad es que alguien ha llamado a don Antonio y al lechero de casa... También le han dado dinero en una bolsita de raso como la que tiene la niña... Ahora va a pedir a la Santa que le vuelvan a salir los dientes.

Papá se reía y me miraba:

–Eso de ser santa tiene sus inconvenientes... La gente no se cansa de pedir imposibles. ¿No te parece, hija mía?

Yo me puse muy colorada... ¡Qué listo es papá!

Mamá dijo:

–Es muy extraño todo eso...

Después papá habló con doña Benita.

–Me parece que usted descuida algo a la niña...

El cuento chino

Iba a venir a almorzar un señor chino, que era amigo de papá, y que yo no conocía.

–¿Lleva trenza, papaíto?

–No. Se la ha cortado.

–¡Pero llevará un traje de raso, con muchos pájaros de colores!...

–Tampoco. Se lo ha dejado en su país, y aquí va vestido como yo...

–¡Qué lástima! Vende collares, ¿verdad?

–No. ¡Pero qué preguntona te has hecho, hija mía!

–Yo quiero verlo. Tengo que preguntarle una cosa...

–Pues lo verás... Después del almuerzo te llamaré. ¡Mucho cuidado con hablar de sus narices, ¿eh? Si cometes alguna inconveniencia, te acuestas sin cenar.

–¿Y cómo voy a tomar la medicina después de la cena si no ceno?

–¡Chitón!

Doña Benita se encargó de lavarme las manos a cada momento.

–¿Me quieres dejar en paz?

–No puede ser. Tengo que peinarte y ponerte otro vestido, que va a venir visita.

–Déjame. A lo mejor no viene...

Pero sí vino. Almorzó en el comedor grande, y yo en mi cuarto con doña Benita... ¡Que tampoco me dejó comer tranquila!

–Pero, ¿por qué no comes con el tenedor y no con los dedos?

–Porque sabe mejor así... Además, ¿para qué me sirven los dedos, si no? ¿Me quieres decir?

Ya me cansaba yo de esperar, cuando papá mandó que fuera al salón.

El señor chino era un hombre como otro cualquiera. Con gafas de concha y la cara redonda y un poco amarilla...

–Oye, papá: ¿por qué me has dicho que no hable de sus narices, si no tiene narices?

–¡Válgame Dios! ¡Cállate!

El chino estaba hablando con mamá, y me miró sonriendo. En cambio, mamá me miró furiosa.

¡Vaya una tontería para enfadarse tanto!

–¿Eres un chino de la China, señor?

–Sí, preciosa; de allí mismo.

–Entonces habrás conocido al emperador de «El Cantor del bosque».

–Es posible.

–Yo tengo su historia en un libro de estampas muy bonito. Cuenta que vivía en un palacio de porcelana, en un jardín, a la orilla del lago... La cocinerita del palacio conoció al ruiseñor del bosque, que cantaba hasta el amanecer, y el emperador lo mandó a buscar para oírlo él solo... Después se aburrió del pajarito, y lo despreció, dejándole marchar otra vez a su árbol de la orilla del lago...

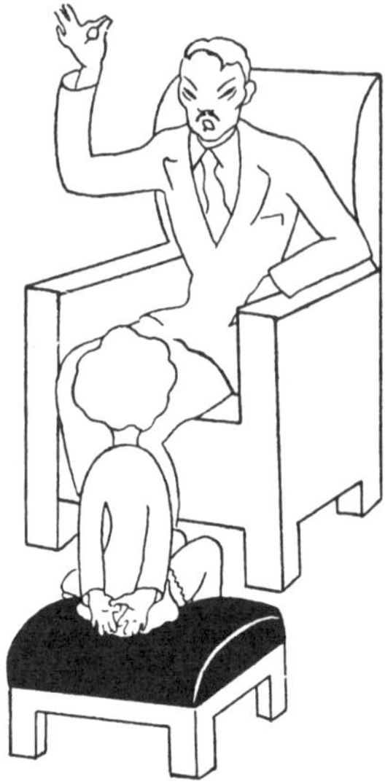

Pero vino la muerte a coger al emperador, y sólo el pájaro acudió a su lado y lo salvó... ¿De veras lo has conocido tú, señor?

–¡Esta criatura es encantadora!

–Pero insoportable –dijo mamá–. No calla un momento, y tiene una imaginación que nos va a volver locos a todos...

–Entonces te gustará si te cuento la continuación de tu historia, ¿verdad?

–¡Ah! ¿Pero la sabes? ¡Ya me figuraba yo!...

–¡Por Dios! ¡No le haga usted caso! ¡Vaya, Celia, despídete y márchate a tu cuarto!... –dijo papá, creyendo que me iba a portar mal.

–¡No, papaíto, no me eches!

El señor chino intercedió por mí y, al cabo, me dejaron estar un poco más.

–Siéntate a mi lado y escucha. Lo que te voy a contar es una de las más bellas leyendas de la China, y hasta ahora no se la he contado a ningún niño español, porque ninguno lo merecía como tú... Aquel emperador, tan caprichoso y desagradecido, encargó a un chino, que se llamaba King-te-Tchin, un pájaro de porcelana grande como una paloma que le recordara siempre al ruiseñor que lo salvó.

»King-te-Tchin era el jefe de la más importante fábrica de porcelana del Imperio, y trabajaron él y cientos de obreros en la obra encargada.

»Las mil chimeneas de los hornos encendidos constantemente echaban fuego en la oscuridad de la noche, como si todo el valle estuviera ardiendo...

»Se hicieron cientos de ruiseñores, pero el emperador no encontraba ninguno de su gusto. Éste tenía el pico demasiado largo, aquél los ojos muy pequeños, el otro las alas muy cortas... Ninguno se parecía al cantor del bosque que había desaparecido hacía muchos años...

»King-te-Tchin adelgazaba. No comía, no dormía; hablaba solo, como si soñara, y todos veían que se volvía loco...

»Una noche preparó una pasta con exquisito cuidado, y después se arrojó con ella dentro del horno...

–¡Ay, no quiero, no quiero! ¡Mamaíta, no quiero...!

–¡Vamos, tontina, si no es verdad...!

–¿Y qué pasó, diga, señor, qué pasó?

–Pues pasó que, cuando abrieron el horno, King-te-Tchin se había convertido en un maravilloso vaso de porcelana, que tenía «el color del cielo después de la lluvia, la limpidez del cristal, la finura de una caña de bambú y la sonoridad de una campana». En su superficie, el cantor del bosque abría las alas y el pico, comenzando una canción...

–¡Qué bonito!... ¿Y qué más?

–Nada más. La fábrica sigue produciendo porcelana, y un millón de obreros trabajan en ella... Cuando por la noche arden sus chimeneas, dicen que el *Paussah* baila en las llamas.

–¿Quién?

–El duende, el alma en pena..., no sé...

–¡Ay, mamá! Que venga doña Benita a oír esto... ¡Mira que ella sabe mucho de estas cosas!...

–¡Jesús qué loca! Cállate y da las gracias a este señor, que te ha contado esa leyenda tan bonita...

–¡Muchas gracias, señor! ¿Cree usted que si metiéramos en el horno a la cotorra se convertiría, aunque sólo fuese en una tacita para mis muñecas?

–No lo creo... De todos modos, no debes probar...

–Vamos, no digas tonterías. Despídete y vete a jugar a tu cuarto...

–Señor chino: eres muy guapo y muy bueno, y sabes cosas muy bonitas y las cuentas muy bien, y yo te quiero mucho...

–¿Aunque no tenga narices?

–¿Quién ha dicho eso? Alguna niña mal educada habrá sido...

–¡No está mal! ¡Adiós, querida! ¡Es una criatura encantadora!

En seguida se lo conté todo a doña Benita, que me oía con los ojos espantados y la boca abierta.

–Si tú quisieras, podíamos probar a meter a alguien en el horno... Tú misma, ¿quieres, doña Benita? Parece que no duele y es una cosa preciosa... Te convertirías en un vaso como las nubes y el sol y los diamantes...

Se había ido el chino, y vino papá.

–¿Qué estás contando? Todo lo que ha dicho ese señor es un cuento, ¿sabes? Nada es verdad... Esas cosas no pasan nunca...

–Sí, papa, sí; ha pasado. ¿No ves que lo ha visto él?

–¡Válgame Dios! Estos días hay que vigilar mucho a esta niña. Parece que todos nos hemos propuesto que pierda la cabeza...

En el teatro

¡Nunca me llevan al teatro!

–¡Yo quiero ir al teatro, mamita!

Creí que nunca iba a llegar ese día; pero Carlotica había almorzado con nosotros, y después de jugar un rato, mamá nos cogió de la mano y... ¡al teatro!

Al llegar, compró las localidades.

–Vamos a estar muy bien. Me han dado las butacas dos, cuatro y seis de la fila tercera.

–¡Pero mamita! ¿Por qué no les has dicho que soy tu hija y queremos estar juntas?

–No digas bobadas... Juntas estaremos.

Y fue verdad. No sé qué tontería es esa de no poner los números seguidos...

Nos sentamos. Entraba mucha gente. Carlotica y yo nos mirábamos, riendo como bobas, contentas de estar en el teatro...

Las butacas nos estaban grandes, y hubiéramos podido sentar con nosotras a Julieta y hasta a *Pirracas*. ¡Pero nos los habíamos dejado en casa!

De pronto se encendieron las luces del escenario, empezó a sonar la música y se levantó el telón.

¡Qué bonito! Había una calle, flores en las rejas y unas muchachas vestidas de colores y que cantaban levantando los brazos. ¿Qué decían?

Después salió un cojo muy feo, y las que cantaban se reían de él. ¡Pobrecillo! Se fueron en seguida, y vino una señorita muy guapa que estaba muy triste. Luego un muchacho, que también estaba triste, y se pusieron a cantar juntos.

–¡Vaya! Ya se les estará pasando la pena –dije yo a Carlotica–. Porque, ¿sabes?, estaban tan disgustados porque él creía que ella no le quería y ella se figuraba que él no la podía ver... Pero ya saben que sí...

–¡Chist! ¡A callar! –mandó mamá.

Pues resultó que acabaron de cantar y se pusieron más tristes todavía.

–Yo no entiendo esto, mamita. ¿Qué pasa?

–¡Hija, déjame en paz! Yo tampoco lo sé.

De repente tiraron un tiro y sacaron a la que había cantado en brazos de todos. Volvieron las que se reían del cojo, y vuelta a cantar y a decirnos cosas, mirándonos a todos... Nadie les contestó, porque no las entendimos. Luego dijeron: «¡Corramos, corramos!», y se fueron despacio por una puerta tan pequeña, que no cabían. Después se bajó el telón.

–¿Te ha gustado? –me preguntó mamá.

–Sí, mucho... Pero no sé lo que dicen.

–¡Bah! Eso no importa.

–Oye: ¿y por qué no viene un guardia a coger al que ha tirado el tiro?

–Ahora vendrá. En el otro acto.

–Sí, sí... ¡A buena hora!

Carlotica estaba asustada; pero decía que le gustaba mucho y que lo entendía todo, porque su abuelo le explicaba las comedias.

–¿Y ahora qué hacemos, mamá?

–Estarnos quietecitas.

¡Qué aburrimiento! Probamos a jugar, pero no nos dejaban. Nos pusimos de pie en las butacas, y mamá nos hizo bajar... El sombrero de Carlotica y el mío se convirtieron en dos tortillas... De pronto vi en un palco a la mamá de Antoñito.

–Mamá, yo quiero ir a verla...

–Bueno, ¿pero sabrás ir?

–Ya lo creo... Ya lo verás.

Salimos de la mano, a un portal muy grande, donde había mucha gente.

–¡Ay! Me parece que no vamos a saber ir al palco...

Miramos en todas las puertas y subimos y bajamos escaleras, pero el palco no lo encontrábamos.

–¡Nos hemos perdido! –decía Carlotica muy apurada–. Ahora no vamos a saber volver con tu mamá...

Y eso pasó. Toda la gente que había en los pasillos se metió no sé dónde, en cuanto dieron unas palmadas, y nos quedamos solas.

–¿Qué va a pasar ahora?

Salió una muchacha con delantal blanco y nos dijo que no hiciéramos ruido, porque nos iban a echar. Ya no sabíamos qué hacer, y nos sentamos en las escaleras, muy tristes; pero vimos un guardia que subía.

–Nos vamos, ¿sabes? Es que andan buscando al del tiro...

Y nos metimos otra vez por los pasillos largos, y a subir y bajar de puntillas las escaleras... Se oía la música y cantar.

–¿Dónde vais? –nos dijo uno que estaba sentado en un pasillo.

–A buscar a la mamá de Antoñito.

–¿Y quién es la mamá de Antoñito? ¡Ah, sí! La característica. Pues por aquí no está. Id abajo y os dirán dónde es.

Volvimos a bajar. Otra, con delantal blanco, salió a preguntarnos lo que hacíamos.

–Pues no hacemos nada.

–Nada bueno será. Como sigáis subiendo y bajando, llamaré a un guardia...

Entonces decidimos meternos por cualquier parte. Levantamos una cortina y nos encontramos en el teatro, pero no en las butacas, abajo, sino muy arriba, en unas escaleras donde estaba sentada la gente.

En el escenario cantaban los de la otra vez. Después de un rato, vimos toda la sala, que estaba muy oscura, y a mamá sentada en la tercera fila mirando a todos lados con cara de susto. ¡Pobrecilla! ¡Qué susto está pasando!

–¿Quieres que la llamemos?

–Ahora no nos oirá. Espera que acaben de chillar esas muchachas.

Después cantó una sola, y se le olvidó respirar en un buen rato. De poco se ahoga... Entonces grité:

–¡Mamá! ¡Estamos aquí!

¡Vaya un escándalo que se armó! Todos nos mandaron callar, y un hombre nos sacó al pasillo de un brazo. Carlotica se puso a llorar.

–¿Con quién habéis venido? –nos preguntaba.

–Con mi mamá, que está en las butacas.

–Entonces, ¿por qué estáis aquí?

–Porque sí; porque estábamos buscando a la mamá de Antoñito.

Nos bajaron al portal grande, y todos estaban muy enfadados, no sé por qué.

Al fin empezó a salir gente, y mamá delante de todos, corriendo.

–¡Jesús, qué susto me habéis dado! ¿Dónde os habéis metido? ¿Por qué me has llamado? ¡Dios mío, qué chiquilla! ¿Estabais en el palco de Antoñito?

–No, no lo hemos encontrado... Pero, mira, mamá, mira; allí viene su madre.

Salía por la puerta y fui a saludarla.

–Está aquí mi mamá... Venga usted. La hemos estado buscando todo el tiempo. ¿Y Antoñito, ha venido?

Yo la llevaba de la mano, y ella se dejaba llevar sonriendo; pero cuando estuvo frente a mamá resultó que no se conocían.

–¡Tiene usted una criatura encantadora! ¡Es monísima! Se ha empeñado en que yo soy no sé quién... Dame un beso, preciosa...

Después, en la calle, vi que mamá estaba muy enfadada conmigo.

–No volveré a llevarte al teatro. ¡Eres tonta de remate! Yo no sé quién era aquella señora; pero, aunque hubiera sido la mamá de Antoñito, no había por qué hacer tanta tontería... ¡Ya verás cuando papá sepa que te has pasado la función en los pasillos!

¡La verdad es que no me he divertido nada en el teatro!

El día de mi santo

Estaba muy contenta, esperando el día de mi santo.

–Di, mamá: ¿qué me regalarás?

–Lo que tú quieras. Algo que desees mucho, mucho...

–Pues un perrito blanco; hace mil años que lo estoy esperando.

–Eso sí que no. Ya tenemos bastante con *Pirracas* y la cotorra... Los perros, en un piso, son un engorro terrible... Pero algo más desearás, digo yo, que un perro.

–No sé... Una cuna para Julieta también necesito...

Doña Benita también pensaba en el regalo que me iba a hacer.

–¡Si tú me dijeras lo que quieres!

–Pues un perrito blanco.

–Sí, sí; buena se pondría tu madre... Diría que quién lo iba a cuidar.

–Le diríamos que tú...

–¡Eso! ¡Quita, quita! Te regalaré un vestido para la muñeca negra, que lo tiene manchado.

También me lo preguntó la mamá de Antoñito.

–Di, hermosa: ¿qué quieres que te regale?

–Un perro blanco.

–¿Quieres que sea lulú?

Entonces mamá intervino, muy enfadada.

–¡Pero no le haga usted caso! ¡Es una caprichosa! Figúrese la estupidez que se le ocurre... ¡Conque no queremos traer a *Dalila,* y la tenemos todo el año en la Sierra!...

–Entonces, le traeré bombones.

Estuve a comer con mi madrina, y también me preguntó:

–Querrás que te regale una muñeca, ¿no?

–No. Ya tengo bastantes para darme que hacer. Lo que necesito es un perrito blanco.

–¡Jesús, qué locura! ¿Tú sabes lo que dices? ¡Con lo que molestan! Te compraré un libro de cuentos con muchas estampas.

Tía Julia me escribió preguntándome lo que quería para el día de mi santo. Y le contesté: «Yo lo que quiero es un perrito; pero mamá y todos se empeñan en que son otras cosas las que me hacen falta. Regálame lo que quieras».

No ha quedado nadie de los que dicen que me quieren tanto y cuanto que no diga, al saber que necesito un perro blanco, que es una tontería.

Hasta Juana, la doncella, ha querido saber lo que me iba a regalar.

–Pues no lo pienses más: un perro ¿sabes?

–¡Vaya una bobada! ¡Un perro voy a traer! ¡Corriendo! Para tener que bajar a la calle con él a todas horas.

–¡Ay, hija! ¿Pues no decías que me querías tanto y que te dejarías matar por mí?

–Ya lo creo, pichona...

–¡Huy, qué tonta! Pues ni te dejas matar ni quieres cuidar del perro... ¡Mientes más!...

Papá fue el único que me hizo caso.

–Mira, papaíto: lo que yo quiero es un perrito blanco como el de María Rosa.

–Ya lo sé; pero tu madre no está conforme.

–No importa. Me lo compras y no lo traemos hasta el día de mi santo. Cuando lo vea, ya no tiene remedio.

–No sé, no sé cómo lo tomará...

–Pero me lo compras. Di, papaíto: ¿me lo compras?...

Y me lo compró. Al día siguiente fuimos a una tienda donde había muchos perros. La dueña, al saber lo que queríamos, nos enseñó diez perritos blancos todos iguales.

–Son hermanos –nos explicó–. Tengo todos vendidos, menos el más pequeño, que se llama *Quinín,* y es aquel del hociquito rosa que se arrima a su hermano porque tiene miedo. ¡Vamos, ánimo, valientes! Ya os están preparando la comida... También os darán alguna golosina de las que os gustan...

Todos sacaban la lengua emocionados y se sonreían... Sólo dos quedaron seriecitos.

–Son *Liliput* y *Margot,* que no comen dulces, porque les hacen daño.

Me dejaron acariciar a *Quinín,* que en seguida se hizo amigo mío. Papá pagó, y quedó en volver el día de mi santo por la mañana, para llevárselo.

–¿Verdad que es muy bonito, papá? ¡Y qué cariñoso! ¡Si ya me quiere! ¡Es tan suavecito! ¡Qué hociquín tiene! Mamá no se enfadará. ¿Verdad que no se enfadará?

Llegó el día de mi santo, y Juana vino muy temprano a felicitarme.

–¡Felicidades!

–¿No me regalas nada?

–Luego más tarde. Ya verás lo que te va a gustar.

Doña Benita estaba muy nerviosa, y siempre que llamaban salía a la puerta corriendo.

Me pusieron el vestido rosado, porque iban a venir las amigas. Juana limpió mi cuarto y pusimos visillos limpios y cortinas. Después trajo un ramo de rosas grandes y las repartió por los floreros.

–¿Son las flores lo que me regalas?

–¡Quia! Es otra cosa mejor.

–Mi regalo sí que te va a gustar –dijo doña Benita.

–Valiente tontería va a ser ello –gruñó Juana–. El mío no tardarán ya en traerlo, y ése sí que vale la pena...

–¡Mejor que lo que yo he comprado no será!

–Sí, señora. Mejor y requetemejor, que me he gastado muy buenos dineros en él.

–¿Y qué sabes tú lo que yo me he gastado, descarada?

–¿No he de saber? ¡Si no tiene usted para mandar cantar a un ciego!...

–¡Pero bribona! ¿Tú qué sabes?

Mamá vino a apaciguarlas, porque se querían pegar... Y los regalos preciosos no llegaban...

Papá me dijo, al cruzar por el pasillo:

–Voy por eso, ¿sabes? Cuando yo venga, llevaremos el perrito a tu cuarto, y en seguida se lo diremos a mamá.

¡Con qué impaciencia me quedé esperando! Iba desde el balcón a la puerta, y después al balcón y a la puerta otra vez... ¡No llegaba nunca! Al fin sentí la bocina del «auto», y, en seguida, la llave de la cerradura. ¡Entró papá!

–¿Lo traes?

–Sí, mira... ¡Es precioso!

Quinín me miraba como si me conociera. Lo llevamos a mi cuarto y lo dejamos en el suelo... Se metió debajo de una butaca y no quería salir.

–Vamos a decir a mamá que venga. ¡Al fin lo tiene que ver!...

En este momento oímos ladrar en el pasillo, y *Quinín* se puso a aullar...

–¿Qué es eso?

Ladraban muchos perros y se oía reír y correr. Abrimos la puerta... ¡Allí estaban los nueve hermanos de *Quinín!*

–¿Qué es esto? ¿Quién ha traído estos perros? –gritaba papá, en medio del barullo.

–¿Sabe usted, señor? –dijo un hombre que estaba en el pasillo–. Los perritos estaban vendidos para hoy, desde hace varios días; y al mirar el ama hace un rato las tarjetas, me ha dicho que eran todos para la misma casa. Y dijo: «Pues los coges en una cesta y los llevas tan guapamente».

–Bueno, ¿pero quién manda estos perros?

–No sé, señor... Aquí están las tarjetas...

–Vamos a ver... «Benita López». ¡Señora! ¿Quién la ha metido a usted a comprar un perro? «Señora de Ontañón.» ¡Bueno! «Julia de la Hoz.» ¡Tu tía! ¡Será tonta!... Anda, ¿pero tú también? –y papá miraba embobado a mamá.

–Sí, hijo, sí; también... Todos hemos comprado perros.

–Yo también, señorito –dijo Juana muy apurada.

–¿Pero es que has dicho a todo el mundo que te compre un perro, tontuela?

–Sí, papá; pero nadie más que tú me hacía caso...

–¡Pues si llegan a hacerte!...

–Y ahora, ¿qué hacemos nosotros con esta familia? ¿Me quieres decir qué hacemos?

–Pues..., ponemos uno en cada habitación.

Maimón, el morito

Papá tiene un hermano que se llama tío Rodrigo. Vive en África, y viene algunas veces a vernos. Ahora está aquí.

Me dijo al marcharse la última vez:

–Cuando vuelva, si no me muero, traeré al morito que me sirve, para que juegues con él. Es muy simpático. Ya verás qué buenas migas hacéis.

–¿Y no lo puedes mandar con alguien, si te mueres?

Por eso ha traído ahora el morito, que es un negro de doce años, muy barrigón y con una trenza en la coronilla.

Mamá ha dicho, al verle, que no es decente que yo juegue con él. Y doña Benita, que se lo encontró en el pasillo, escapó a correr de miedo.

La verdad es que Maimón es feíllo, y habla de un modo que da risa.

–Es un salvaje, ¿verdad, tío?

–Sí, un poco salvaje, pero hay que tratarlo con cariño.

–Di, mamá: ¿me comerá?

–No creo... Pero bueno será que no te acerques mucho a él.

–No hagas caso, hijita –dijo mi tío–. Maimón es bueno y te querrá mucho... Como vea él que le tratáis con desconfianza, hará alguna trastada, y entonces sí que es temible...

Un día me lo encontré mirando al gabinete por el ojo de la llave.

–¿Qué miras? ¿No ves que no hay nadie dentro?

–Haber *chines.*

–*¿Chines?* ¿Y qué son *chines?* Serán duendes... ¿Pero, los ves?

–No, Maimón no poder ver, porque no ser *güeno güeno...* ¡No haber más Dios que uno! ¡Sólo uno!

–¡Anda, hijo! Ya lo sabemos. Y *chines,* ¿cuántos hay?

–*Chines* haber muchas *milientas... Priebar* tú a ver...

Miré. Pero no vi nada más que el gabinete, con un rayito de sol en medio de la alfombra. Me parece a mí que esto de los duendes o de los *chines* no debe de ser verdad.

–Yo no veo nada, morito...

–Tú ver *chines* si tú querer. Mi *sabier* cómo.

–Pues, hijo, sí que quiero... A ver, dime eso...

–Si yo tener lagartijas y alacranes y escarabajos y secarlos al sol, tú ver *chines.*

–¡Qué porquerías!

–Mi madre *sabier* mucho. Dejar mudo un hombre y sin dientes otro.

–¡Pues tiene gracia tu madre!

–Si yo querer, doña *Binita* quedar calva...

Doña Benita, que seguramente estaba escuchando, entró como una fiera.

–¡Bribón! ¡Moro asqueroso! ¿Qué te he hecho yo para que me dejes calva, negro de los demonios?

Al mismo tiempo que le decía esto, le tiraba de la trenza y lo zarandeaba. Maimón parecía una rata chillando. Juana vino a defenderlo.

Después, doña Benita se quejó a mamá, y Maimón ha estado muchos días sin venir a casa, hasta ayer, que llegó con una carta del tío.

Yo salí a verle al pasillo.

–¡Celia *bunita!* Maimón querer mucho ti...

–Y yo también te quiero, porque tú eres bueno. ¿Verdad, morito, que eres bueno?

–Yo malo, tú *güena* como una ángela... Yo *quierer dicir* oración en tu cuarto. Los ángeles *vinir tigo.*

–Bueno, ven corriendo antes que te vea doña Benita.

Se puso de rodillas junto a mi cama, y dijo una porción de cosas raras en su lengua. Después, con las palmas de las manos en el suelo, lo besó, cantando no sé qué.

–Yo *quierer tamién dicir* oración en el cuarto de *Binita.*

–¡Si vieras qué poco te lo va a agradecer! No te quiere...

–Maimón *sabier tudo, tudo...*

Mientras él rezaba junto a la cama de doña Benita, yo fui al cuarto de costura a entretenerla. ¡Buena se iba a armar si se enteraba!

Al fin le sentí hablar con Juana en el pasillo, y cerrar después la puerta de la escalera.

Hoy, cuando me levanté, doña Benita seguía en la cama, porque está constipada, y mamá no quiere que madrugue.

La cama está junto a una ventana, siempre abierta. Aunque ahora están en obra en el patio, doña Benita dice que con la persiana no la ve nadie, y que si cerrara la ventana se ahogaría en seguida.

–¿Verdad que hoy está mejor, doña Benita?

–Sí, algo mejor estoy... Esta noche no he tenido tos.

–¿Sabes por qué? Pues porque Maimón ha estado rezando ayer junto a tu cama para que vinieran los ángeles...

–¡Jesús, María y José! ¿Pero ese diablo ha estado en mi cuarto? ¡Madre de mi vida, que me voy a quedar sin un pelo!

Tiene razón papá. Doña Benita es una aspaventera. Empezó a llorar a gritos como si la estuvieran matando. De pronto se calló y miró con los ojos muy abiertos.

En el patio sonaba la garrucha que tienen los albañiles en el tejado para subir los cubos.

–¿Qué te pasa, doña Benita?

–¡Hija, de mi alma, que la cama se mueve!

Y era verdad. La cama se movía y las patas se levantaban del suelo...

–¡Celia! ¡Celia! ¡Esta cama está endemoniada! ¡Ese maldito moro la ha encantado! ¡Ay, ay, ay!

–¡Pero bájate de ella!

–¡No puedo, no puedo!

¡Claro! No podía, porque la cama subía, subía con ella encima... Ya estaba muy alta, y aunque no se iba por la ventana, porque era más grande, se había encajado en ella.

En el patio gritaban. Sonó un ruido terrible, y la cama y doña Benita se vinieron al suelo...

Acudieron todos los de casa y la sacaron de entre la ropa, dando alaridos.

Pero nadie entendió lo que había pasado. Doña Benita les contó lo de Maimón y los encantos, y no le hicieron caso.

Después vinieron los albañiles preguntando quién había atado unas cuerdas al cable de la garrucha, y todo se descubrió. Aún estaban los pedazos de cuerda rotos, sujetos a los hierros de la cama...

Eso es lo que había hecho el pícaro Maimón en la alcoba de doña Benita.

A mi tío le hizo mucha gracia cuando lo supo; pero se enfadó con el morito, y tanto le ha tirado de las orejas, que le han crecido una cuarta.

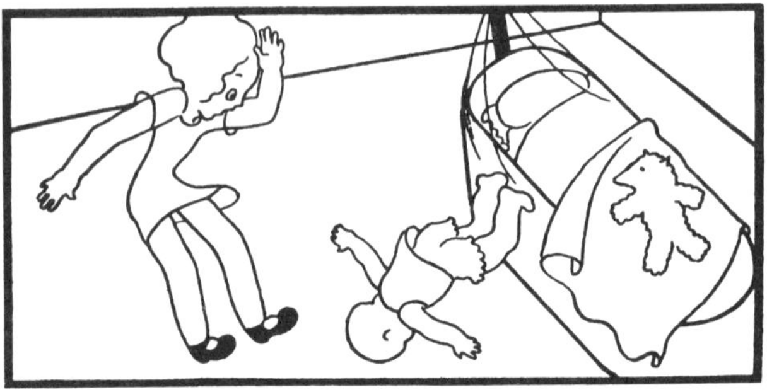

El peso de Baby

De pronto mamá se acordó de que nos hacía mucha falta un peso para pesarlo todo. Pero ¿cómo habíamos podido pasarnos sin un peso?

Resulta que comíamos las patatas, el arroz y la carne sin saber lo que pesaban... Mamá no hablaba de otra cosa: «¡Hay que comprar un peso! ¡No hay más remedio que comprar un peso!».

Además, a Baby se le pesa todas las semanas, para ver lo que engorda, y es muy molesto tener que avisar a la farmacia para que vengan con la báscula. ¡Así que no da nada que hacer el pobrecito Baby, llorando todo el día!

Pero, digo yo que, cuando llora tanto, es por algo. Antes lloraba porque le dolía la barriga.

–¿Y ahora por qué llora, mamita?

–Porque ha cambiado el sueño. El ama dice que por la noche no duerme, y por el día no le deja ella dormir, y está todo el día desesperado.

Esto se acabará en cuanto traigan el peso. Le pesaré todos los días, y si no engorda tendrá que dejarle dormir a la hora que Baby quiera.

–¡Naturalmente! ¡Mira qué graciosa es el ama con haberle cambiado el sueño! Ella se ha quedado con el sueño de Baby, y a él le ha dado el sueño de ella, ¿no es eso, mamá?

–¡Jesús! ¿Pero qué galimatías estás armando?

Bueno: no lo entendí bien, porque no me lo explicaron... Pero Baby duerme ahora de noche y de día y sigue llorando los ratos que tiene libres.

Yo sé por qué llora; pero no lo quiero decir, para que no me regañen. El otro día estaba solito en su cuna, y le dije:

–¿Sabes, Baby? Desde mañana tengo vacaciones, y ya no tengo que volver al colegio hasta el año que viene: *ma mère* me lo ha dicho.

Se puso a reír y a dar golpes con las manos sobre la cama. ¡Estaba como loco de alegría! Después se quiso poner de pie, y le ayudé, porque es muy torpe.

–¡Pues no te pones tú poco contento, hijo! Te advierto que a ti no te dan vacaciones, es a mí solita, que para eso soy mayor y estoy aprendiendo francés y ya hablo muy bien... No como tú, que no dices más que «¡papá, mamá, tata, aba...!» ¡Me quieres decir tú a mí que es «aba»? Pues nada hijo, nada, sino que eres un tonto que nunca va a aprender a hablar.

¡Qué enfadado se puso! Empezó a dar chillidos, y se quería tirar de la cuna. Al fin se tiró, y se pegó un trompazo contra el suelo que a poco se mata.

¡Claro! Vinieron todos corriendo y, en vez de hacer algo para que callara, todo era preguntarme:

–¿Qué le ha ocurrido? ¿Le has tirado tú? ¿Se ha caído él? ¿De dónde se ha caído? ¿Cómo se ha caído?

–Pues primero se le cayó la cabeza... y después todo él detrás.

Cuando se le pasó el susto siguió llorando como si tal cosa.

Y todos decidieron que en cuanto podamos pesarle todos los días se sabrá por qué llora, y no llorará más.

Esta mañana se levantó el ama diciendo que el niño no le había dejado pegar los ojos.

–¿Qué es lo que no te ha dejado?

–Dormir... El niñuco ha perdido el sueño...

–¡Pues vaya un trajín que trae con el sueño! Unas veces lo cambia y otras lo pierde! ¡Ésas son tonterías tuyas, ama!

–No son tonterías. ¿Por qué llora el pobrín, entonces?

–Pues llora, porque quiere que le den vacaciones como a mí.

–¡Pero si no va al colegio!

–¿Y qué? Tú no entiendes de eso.

Papá salió conmigo y fuimos a una tienda de básculas a comprar un peso con su canastilla pesa-bebés.

–¿Dónde se la llevamos? –preguntaron.

–Nos la llevamos nosotros, porque hace falta en seguida –dijo papá.

Cuando llegamos a casa, Juana nos dijo que había llegado de Vizcaya la tía Rosario, que es una prima de papá. También estaba Ricardito, que es su hijo, y una gallina amarilla, atada con lazos, que nos habían traído de regalo.

Baby estaba durmiendo y, como no se le podía pesar, la tía se empeñó en que pesáramos a la gallina.

Pesó no sé cuánto, y la tía Rosario se puso tan orgullosa como si la gallina fuera ella.

–¡Es toda manteca! –decía.

¡Vaya un asco: una gallina de manteca! Yo decidí no comerla.

Al fin se despertó Baby, y mamá quiso que le pesáramos en seguida.

¡Qué gritos daba! No se nos oía hablar. No era posible entenderse.

Ricardito me pareció muy tonto. No hacía más que preguntarme cosas.

–¿Qué dices, Ricardito? ¿Qué por qué le pesan? Para saber lo que engorda y qué motivos tiene para llorar. ¿No oyes? Lo creo. Yo tampoco te oigo a ti...

Pesó ¡once kilos y medio! ¡Qué atrocidad! Baby va a ser como ese gigante del circo que levanta una pesa con los dientes y un hombre en cada mano...

Mamá apunta el peso en un cuadernito, sonriendo satisfecha... Pero, ¿por qué estará tan contenta de tener un hijo tan formidable? ¿Qué pensará hacer de él cuando sea mayor?... Porque, para pasear por la Castellana y guiar el «auto», digo yo que no haría falta ser tan gordo...

–¡Es todo manteca! –decía la tía Rosario.

–¿Qué dices, Ricardito? Con los gritos de Baby no oigo nada... ¡Ah!... ¿Que quieres pesar a *Dik,* el perro de lanas? No puede ser. Mamá no quiere; dice que nada importa lo que pesa *Dik*... ¡No llores, bobo! Pero, ¿qué dices? ¿Que si pesan a la gallina bien podían pesar a *Dik?* No, no es igual. A una se la van a comer y al otro no... ¡Qué disparate! ¿Pues no me pregunta que si nos vamos a comer a Baby?...

«Alfredo», el pájaro bueno

Tenía yo un disgusto terrible. Hacía unos días que papá y mamá no me querían.

Con pretexto de que manchaba el mantel y comía con los dedos, me habían castigado a comer en mi cuarto.

Tampoco mi cuarto era ya el mismo. Decían que gritaba, que cantaba, que arrastraba los muebles y que no dejaba trabajar a papá. ¡Tonterías! Por eso me pusieron junto a la habitación del ama, en la otra punta de la casa.

¡Ni patinar por los pasillos me dejaban!

–¡Esto es una tiranía insoportable! –dije yo, en el cuarto de costura–. Esta casa es mía lo mismo que de papá y mamá. Yo soy también ama de la casa.

–¿Tú qué has de ser? –dijo el ama, que está muy gorda y es casi tonta–. Tú no eres nada ni nadie..., eres inclusera...

Como nadie me había dicho nunca eso, pregunté a doña Benita:

–Di: ¿qué es ser inclusera?

–Pues no tener padre ni madre y no llamarse nada.

–Yo me llamo Celia y tengo papá y mamá... ¿Es que hay niños que no han tenido padres nunca?

–No; todos han tenido padres... Pero cuando son malos, ¿sabes?, los papás se aburren y dicen: «¡Ea, ya no eres mi hijo!» y se acabó.

¡Ay, Dios mío, que sí que soy inclusera!

Desde aquel día estuve muy disgustada, y me dediqué a preguntar a todo el mundo cómo se dejaba de ser inclusera. Pero me contestaban unas cosas tan raras y complicadas, que nunca lo entendí.

Una tarde estuve en casa de María Teresa y le conté lo que me pasaba.

–Estoy muy triste, ¿sabes?, porque soy inclusera.

–¿Y qué es eso?

–Pues que mi papá y mi mamá se han cansado de mí y ya no quieren que sea su hija.

–¡Qué atrocidad! ¿Y qué vas a hacer? Porque si ya no eres su hija, tendrás que irte de su casa...

–No sé. Si hubiera pozo en el patio me tiraría, como la niña del cuento «Las dos hermanas» y la bruja del fondo me llevaría a su casa para que sacudiera el colchón de pluma... Luego me daría el premio de la lluvia de oro... Pero ya ves, en mi casa no hay pozo...

–Ni tampoco tienes madrastra, como la del cuento.

–Es verdad... Yo no me acuerdo de ningún cuento en que haya una niña inclusera.

–A Pulgarcito tampoco le querían en su casa.

–Porque no tenían qué comer. Nosotros comemos todos los días... Además, le perdieron en un bosque, y a mí, no...

–¡Claro, es diferente! ¿Y qué vas a hacer?

–No sé, no sé... ¡Mujer, dime algo!

–Pues, mira: se me está ocurriendo una cosa... Nosotros tenemos un *Alfredo*.

–¿Qué es eso?

–Pues un pájaro de madera. Es bastante feo; tiene la pechuga blanca y las alas muy cortas y negras, como brazos... Es muy raro... Así, al verle, parece que no es nada; pero luego... ¡ay, no sabes!... Tan pronto es tenerle guardado entre tus vestidos como empezarte a regalar la gente todo lo que quieras, y a quererte todo el mundo, y a darte premios en el colegio...

–¿A ti te pasan todas esas cosas?

–No; a mí, no. La abuelita me ha explicado que *Alfredo* no sirve más que siendo muy buena, muy buena, y yo soy muy mala... Te lo puedo prestar hasta que no seas inclusera, y luego me lo devuelves.

Me traje el pájaro a casa, bien escondido entre el abrigo, porque me dijo María Teresa que me lo daba en secreto.

Desde el día siguiente empecé a ser muy buena. No hablaba nada, ni en casa ni en el colegio; jugaba sin hacer ruido; no patinaba por los pasillos, y comía sin mancharme...

Algunas veces me quedaba sin comer, de tan buena que era... Otras, me hubiera puesto a cantar; pero me acordaba de *Alfredo,* que estaba quietecito en mi armario, esperando que fuera buena para hacer por mí todo lo que le pidiese, y me estaba callada.

Ya hacía casi una semana que *Alfredo* estaba conmigo, cuando me dieron en el colegio la banda y la medalla de aplicación y buen comportamiento. ¡Nunca me había ocurrido cosa igual! En cuanto llegué a casa, le di un beso al pájaro.

Aquel día comí ya en la mesa otra vez, y papá no hacía más que preguntarme:

–¿Por qué comes tan poco?

–Porque como con cuidadito, para no mancharme el vestido.

–Eso está bien; pero es preciso que comas todo lo que quieras. ¿Es que no te gusta? Hay que variar más, y procurar que nunca falte la mermelada para la niña... ¿De qué te gusta más: de fresa o de marrón?

¡Ay, qué cariñoso estaba papá! Pues mamá también lo estaba...

–Dime, hija; ¿qué haces en tu cuarto que no se te siente?

–Jugar callandito.

–Es que te aburres, ¿verdad? Desde mañana te vamos a cambiar cerca de nosotros. Yo creo que tienes miedo y no duermes, porque todo el día tienes cara de sueño.

Y otra vez pusieron mi cuarto donde estaba antes de ser inclusera. ¡*Alfredito,* guapo!

Papá y mamá me miraban mucho, y hablaban callando. Al fin me llamó papá a su despacho:

–¿Qué te pasa, hija mía? Dímelo a mí.

–Nada.

–Entonces, ¿por qué estás siempre calladita, y no gritas como antes?

–Porque soy muy buena.

–No, no es por eso... A ti te pasa algo. ¿Es que estás mala? ¿Dónde te duele, hija? Dímelo.

–No me duele nada. Es que soy muy buena...

–Ya lo sé. Lo que te pasa es que no estás contenta en el

colegio. Esas señoras deben ser insoportables, y te hacen estudiar mucho y te castigan.

–¡Que no, papá, que no! ¡Si son muy buenas, y yo también soy muy buena!...

–Entonces, ¿qué te ocurre? Hoy no vas al colegio... Vamos a ir juntos a comprar unos periquitos de Australia, de esos que te gustaron tanto el otro día... Y ya puedes ir pensando qué más quieres que te compre, porque vamos a llenar el «auto» de juguetes...

¡*Alfredito,* te has portado como un héroe! Ya se lo he devuelto a María Teresa, y ya soy mala otra vez, porque me aburría...

Hoy he patinado por los pasilllos, haciendo un ruido horrible. Papá ha entreabierto la puerta del despacho y me ha mirado sonriente, con cara de Pascua.

–Ya estás buena otra vez, ¿verdad, hija mía?

–¿Quieres que no patine?

–No, no, hija; por mí puedes seguir... Casi me gusta oírte...

¡Yo estoy asombrada!

Si alguna de las niñas que me conocen necesita a *Alfredo,* yo me encargo de pedírselo a María Teresa.

El borriquillo

Los sábados salgo de paseo con doña Benita, y vamos al Retiro si hace buen día. Carlotica o María Teresa suelen venir con nosotras, y entonces me divierto mucho.

Doña Benita no quiere andar, y hay que sentarse en seguida.

–¿Por qué no andas, doña Benita?

–Porque soy muy vieja y las piernas ya no me tienen.

–Eso es una bobada. Igual de viejas son tus manos, y las mueves como yo... Y tu lengua, y hablas sin parar todo el día.

–¡Pero, niña!

Al fin se sienta en un banco, y nosotras jugamos al retrato, al pim-pom o al escondite.

Algunas veces nos vamos tan lejos, que no sabemos volver al banco donde se ha quedado doña Benita, y... ¡nos llevamos cada susto!...

–¡Ay, Dios mío! ¿Y ahora qué hacemos? ¿Cómo le decimos a mamá que se nos ha perdido doña Benita?

Siempre acabamos por encontrarla. Al vernos llora,

pero no nos riñe; y nos besa, como si nos hubiera ocurrido una desgracia.

–¡Déjame, doña Benita, que me llenas la cara de lágrimas!

–¡No lo volváis a hacer, picaronas! –dice.

A nosotras se nos olvida, y al día siguiente pasa igual.

Ella querría que siempre estuviéramos a su lado; pero nos cuenta unas historias tan sosas, tan sosas, que nos aburrimos.

A María Teresa le habla de su abuelo, yo no sé por qué. Que si era tan listo, que si era tan guapo, que si era tan bueno...

–¡A ver si tú eres tan inteligente como él, que vino a Madrid con la camisa rota y llegó a tener un millón!

¡Vaya una manía que tenía el abuelo! ¿Para qué querría un millón de camisas rotas? La pobre doña Benita está cada día más tonta. Juana lo está diciendo siempre.

El último día que estuvimos en el Retiro fuimos solas, y nos pasó una cosa terrible. Papá y mamá se enfadaron muchísimo.

Pues ocurrió que, como hacía mucho frío, doña Benita no se pudo sentar, y estuvimos andando todo el tiempo.

A fuerza de andar, andar, salimos por una puerta a un paseo ancho, y no sabíamos volver a casa.

–¡Va a nevar! –decía doña Benita–. ¡Va a nevar, y nosotras perdidas por estas calles! Reza, niña, reza, para que la Virgen nos enseñe el camino.

Corríamos, corríamos, y yo rezaba, pero la Virgen no nos hacía caso.

–¿Por qué no preguntamos a alguien?

–Porque se reirán de nosotras y nos dirán el camino contrario.

–¡Qué tontería! Pues yo voy a preguntar.

Pasaban por en medio de la calle dos chicos, tirando de un burro pequeñito que no quería andar.

–Dime, chico: ¿tú sabes por dónde se va a la calle de Serrano?

–Pues al revés.

–¿Cómo al revés?

–Tirando *pa* el otro lado. ¿No ves que así donde vais es al Pacífico? Aquello que se ve allí es la calle de Alcalá.

Doña Benita no le creía.

–Quia. Aquella calle no puede ser la de Alcalá.

–¡Anda, que no! ¿Pero es que ha venido usted en el tren de las once, señora?

Doña Benita se enfadó mucho de que le dijeran lo del tren, y siguió andando sin hacerles caso. Yo seguí preguntando, y cuando supe bien el camino, les dije:

–¿Dónde vais con ese borriquillo?

–Al quemadero.

–¿Lo van a quemar?

–¡Claro! No sirve *pa na*... Lo estaba criando la burra y se ha muerto. En el quemadero dan cinco «leandras» por él... ¿Nos lo quieres comprar tú?

–¡Doña Benita! ¡Doña Benita!

Los chicos gritaban también:

–¡Doña Benita! ¡Doña Benita!

Tuve que ir a buscarla, porque no quería volver.

–Doña Benita, dame dinero para comprar un burro, que lo van a matar si no.

–¡Que lo maten! ¡Vaya una ocurrencia!

–¡No, no! ¡Yo no quiero que lo maten!

–¡Pero si no lo han de matar, tonta!

–Sí, señora, que lo llevamos al quemadero, y no será *pa* que le den rosquillas...

–¡Sois unos bárbaros! ¿Qué os ha hecho el pobre animal?

–Como hacernos, no nos ha hecho *na*, que yo sepa... Pero *entoavía* no sabe comer, y está a régimen lácteo. ¡*Velay* usted!

Doña Benita no entendía nada, y yo se lo expliqué.

–No tiene madre, ¿sabes?

–Sí, señora, eso es; y el ama sale cara entre pendientes y delantales de puntillas...

¡Decían unas bobadas! Al fin nos lo dieron por diez pesetas, y cuando empezaba a nevar nos encontramos en medio de la calle sin saber qué hacer con el burro.

–¿Ves tú en qué lío me metes? –decía doña Benita–. Ahora, ¿cómo vamos a llevar este animalito, si no quiere andar?

Compramos una cuerda en una cacharrería y se la atamos al pescuezo. Tirando yo y empujando doña Benita, fuimos andando muy despacio. Pasó un «taxi» y quisimos subirnos; pero el chófer no nos admitió con el burro. ¡Qué gracioso!

Cada vez nevaba más, y nos refugiamos en un portal. En seguida salió el portero y nos echó. Dijo que allí no podía estar el burro. Sí que podía estar, es que él no quería que estuviese.

Nos pusimos tan tristes al ver al pobrecito burro tiritando, y teníamos tanto frío nosotras, que hubiéramos llorado de buena gana.

Nos aguantamos hasta llegar a casa, porque decía doña Benita que llorando no íbamos a llegar nunca.

Llegamos, al fin, empapadas y tiritando, como el burro.

Pedro, el portero, no nos quería dejar subir en el ascensor con el animalito. Yo me enfadé mucho, y al fin subimos.

Cuando nos vio Juana, ¡qué aspavientos!

–¡Cállate, tonta! ¿Es que no has visto un burro nunca? Lo que has de hacer es traerle un vaso de leche bien caliente para que se la beba el pobrecito.

Lo metimos en el cuarto de doña Benita y lo secamos con sus toallas, que se pusieron cochinísimas.

No quiso beber la leche en el vaso, y se la dimos en una palangana. Después se puso tan contento que brincaba como si estuviera bailando.

Doña Benita y yo estábamos encantadas, y ya le queríamos mucho. No acertábamos a separarnos de él.

–Le llamaremos *Picarín,* si te parece, ¿no? Mira qué cara de pícaro tiene.

De pronto entró Juana:

–El señor de abajo ha mandado a decir que no puede soportar estas patadas... Tus padres han vuelto del teatro, y Pedro les ha dicho lo del burro...

Vinieron enfadadísimos. Dijeron que doña Benita era una vieja chocha y yo una niña insoportable... Papá me parece que tenía ganas de reír... Mamá, no; estaba furiosa.

¡Me han dicho que voy a ir interna al colegio! Yo he llorado mucho. Doña Benita suspira.

Hoy se han llevado el borriquito a la sierra. ¡Se va a morir de frío!

Los tres regalos

El tío Rodrigo nos invitó a almorzar a las tres sobrinas: a Lolita, a María-Rosa y a mí.

–He traído de la India –nos dijo– un collar de marfil y lapislázuli, que será para una de vosotras... Como no tengo tres collares, las otras dos se conformarán con otros regalitos.

–¿Será para mí el collar? –dijo Lolita, que es la mayor.

–No sé para quién será. Hoy pasaréis el día conmigo, y a la noche, cuando vengan por vosotras, daré a cada una lo que se merezca.

–Tío Rodrigo, eso está muy mal explicado –le dije yo–. En los cuentos, para conseguir el premio hay que matar un dragón, o ir a buscar a una princesa que está encantada, o traer el agua de vida al rey que se está muriendo. ¿Qué tenemos que hacer de todo eso?

–De eso nada, hija. Me contento con que seáis buenas y no hagáis mucho ruido, porque me parece que me está amenazando una neuralgia.

–El collar será para mí –me dijo Lolita al oído–. Voy a

ser más buena que ninguna. Ahora mismo me siento aquí y ya no me muevo en todo el día.

–Pues, hija, que te aproveche. A mí, una vez que fui buena, me quisieron llevar al médico, y siempre me estaban preguntando dónde me dolía y qué me pasaba...

María-Rosa miraba a la calle por los cristales del balcón.

–¿Qué haré yo, Dios mío, qué haré yo para ganar el collar? –decía.

Ninguna quiso jugar conmigo, y me fui a la cocina con la Pepa, que es la cocinera.

–¡No te acerques, que te vas a manchar! –empezó a gritar en cuanto me vio.

–¡Calla, tonta! Si yo guiso en mi casa...

–¿Tú?

–Sí. Una vez eché el queso rallado en los macarrones, y otra batí unas yemas en un plato... Pero se me vertieron...

–¡Claro! ¡Eso querrá la bruja de tu cocinera, que la ayuden!... ¿Y qué hacía entre tanto ella?

–Pues... vino un brujo con la nariz muy colorada y se la llevó volando por la chimenea...

–¡Mira tú con lo que sale! ¡Ja, ja, ja! Anda, anda a divertir a tu tío, que está aburrido porque se ha muerto esta mañana la cotorra.

–¿Y cómo ha sido? Cuando estaba en casa nunca le ocurrió eso...

El tío estaba muy triste en su despacho, porque cuando no hace sol se aburre y le duele la cabeza.

–¡Vaya por Dios! ¿Quieres que juguemos a la pipirigaña?

–No, hija, no.

–¿Quieres que cantemos aquello de «En Cádiz hay una niña que...»

–¡Quita, quita! ¡Humor tengo yo para cantar!

–Pues entonces, no sé... ¿Cómo se te pasa otras veces, cuando estás triste?

–Según: leyendo o durmiendo... Anda, niña, anda con tus primas.

–¿Y si yo te contara el cuento de la mariposita?

–Como si no. Ya lo sé...

–¿Y el del gallito? No, mejor el de «Los príncipes encantados», o el de «El cantor del bosque», o «Las dos hermanas», o «La princesita pan y miel», o...

–¡Calla, calla, criatura! ¿No ves que me va a doler más la cabeza si sigues hablando así? Vete con tus primas...

Me fui, pero no con ellas, sino con Maimón, el morito que sirve a mi tío, que andaba limpiando el polvo por la casa y dando unos suspiros terribles.

–¿Por qué suspiras, Maimón?

–*Yorando, yorando mí.*

–¡Pues hijo, estáis todos buenos! ¿Y qué es lo que te sucede? ¡Ah! Es por los tirones de orejas que te dio mi tío por lo que hiciste a doña Benita.

–¡Mamarracho ella!

Me contó que desde aquel día todo lo hacía mal, y mi tío le pegaba mucho. Dijo que doña Benita le había hecho mal de ojo.

No le noté nada, pero era verdad, porque al poco rato rompió un jarrón que estaba sobre la chimenea...

Dio un grito, y escapó a correr sin coger los pedazos. El tío vino en seguida.

–¿Quién ha sido?

–El gato.

–¡El gato! ¿Qué gato?

–¡Ah! ¿Pero no tienes gato? Bueno, pues he sido yo...

El tío recogió los pedazos y se fue sin decir nada.

A la hora del almuerzo, mis primas se habían quedado dormidas.

–¿Qué les pasa a estas niñas?

–Es que se han dormido de tan buenas que son.

Maimón sirvió el almuerzo, con los ojos espantados y mirando siempre a mi tío, que no le decía nada.

Yo conté muchas bobadas para que se rieran; pero todos estaban serios. ¡Como que no vieron que me comía las yemas de un platito!

–¡Pero, Celia! ¿Por qué te has comido las yemas?

–¿A que no lo sabes, tío Rodrigo?

–No, no lo sé.

–Pues para ver si te dabas cuenta... ¡Como estabas tan distraído!

El tío ya se reía y empezaba a estar más contento. Yo charlaba por los codos, como dice mamá. De pronto me dijo:

–¿Qué has ido a hacer en la chimenea para romper el jarrón?

–Pues, hijo, no sé... De esas cosas que pasan... ¡Creo que andaba cazando moscas!

–¡Bien dice tu madre que eres una loca!

Después de almorzar me dijo Lolita:

–¿Con que has roto un jarrón? ¡Pues te has quedado sin collar!

–¡Ya lo sé!

–¡Huy, que niña más mal educada!

–¡Y tú qué sucia! ¡Mira cómo te has manchado el vestido de grasa!

Lolita es muy rabiosa y me arañó la cara; yo le arranqué un mechón de pelo. El tío, que estaba leyendo el periódico, nos separó.

–¿Qué es eso, niñas? ¡Vaya una manera de hacer méritos! ¿No te ha dicho tu madre, a ti, Celia, que reces una salve cuando vayas a pegarte con una niña?

–Sí; pero a Lolita le ha dicho la suya que rece un avemaría y ha concluido antes...

El tío nos llevó de paseo en el «auto», y al anochecido volvimos a casa. Entonces el tío Rodrigo abrió un cajón de la mesa y sacó tres paquetitos.

Maimón apareció de repente y se puso de rodillas.

–¡Celia *bunita,* ser *mijor* que *tudas!* No romper Celia jarrón... Romper mí *aojado* de *Binita...*

–¿Es verdad eso, Maimón?

–¡Verdad, verdad, *tuda* verdad! –gritaba el morito sin dejarme hablar.

–¡Pero este morito es tonto! ¿No ves que te van a crecer las orejas una cuarta?

El tío nos dio a cada una un paquetito y un beso. Me pareció que me besaba a mí más que a ellas...

–¡No te creerás que te ha dado el collar! –me dijo María-Rosa–. Yo me he portado mejor que ninguna.

En la escalera los abrimos. ¡El collar estaba en el mío!

¡¡Adiós!!

Mi hermanito Baby ya sabe andar, y va como un patito por toda la casa. Además, ya entiende casi todo, y yo le voy enterando de todas las cosas.

–Mira, Baby, esto que parece un paso de hule y llega hasta la puerta de la cocina no es un hule, es un arroyo de agua transparente. ¿No ves cómo reluce? Los niños pequeñitos no pueden pasar por encima, porque se mojan... Cuando llegues a él debes gritar para que Juana, o el ama, o yo te pasemos de un salto...

–En cambio, ese otro camino que llega hasta la puerta del vestíbulo, y parece de alfombra, es de hierba mullida, y por él se debe ir siempre, porque a los lados hay dos precipicios...

–La alfombra grande del salón no es alfombra, es una isla desierta. Y la mesita dorada que hay en el centro es una cabaña para refugiarnos tú y yo.

Cuando nos asomamos al balcón, le he enseñado a decir adiós a todo el mundo.

–Vamos en un aeroplano, y estamos volando, volando... ¡Adiós, adiós, pobrecitos, que os quedáis andando por las calles como tontos!

Las butacas y los divanes son montañas altísimas, y hay que subir a ellas por un palo...

No se lo digáis a nadie; pero sin querer hemos hecho un agujero en medio del sofá grande del despacho...

También le he contado que ese señor vestido de general, que está en un cuadro del salón, se pasea todas las noches por los pasillos cuando estamos durmiendo.

Yo no sé si lo ha entendido; pero le tiene mucho miedo, y llora a gritos en cuanto le mira.

Por la noche, cuando el ama lo acuesta en su camita, yo voy a entretenerlo hasta que se duerme.

–Yo soy un hada, ¿sabes?, y en lugar de manos tengo dos ratoncitos. ¡Mira, mira!

Y hago con los dedos como si dos bichos se subieran a la cama.

–¡Ya suben a la cuna..., ya están arriba..., ya pasan sobre tus pies... y por encima de tu barriga..., ya te llegan a la carita!

¡Qué gritos se puso a dar una noche! Luego no le podían callar, y papá dijo que le había asustado yo.

¡Claro que le había asustado! Pero si no fuera por mí el niño estaría casi tonto, como estaba antes.

¡El ama le dice unas simplezas! «¿Cómo hace el tren? Piii. ¿Y el gallito? Quiquiriquí.» Después le coge la mano y le hace darse con ella en la cabeza:

¡Date, date, date,
date en la mochita,
en la calabacita,
date, date, date
hasta escalabrarte!

Pues Juana le canta unas historias que ni siquiera sabe ella lo que son.

Aserrín, aserrán,
maderitos de San Juan...

Y también:

A la rueda de la patá
comeremos ensalá...

Todo esto es tan feo y tan poco divertido, que Baby se está volviendo tonto de remate.

Hasta que yo me he dedicado a enseñarle todas las cosas bonitas que hay en la casa, explicándole que no son lo que parecen.

En el cuarto de baño es donde mejor lo pasamos los domingos que llueve, aunque ya no nos encerramos en él desde que me pegaron aquella azotina por no saber abrir...

Decimos que es un «auto» la bañera, y nos vamos en ella al centro de África. Es un juego divertidísimo; pero, ¡ay!, por su culpa me llevan interna al colegio la semana que viene...

Estábamos solos en casa con doña Benita y Juana. Era domingo, y la cocinera había salido. El ama estaba no sé dónde, y papá y mamá se fueron a la Sierra desde por la mañana.

Yo expliqué a Baby lo que íbamos a hacer.

–Verás, guapín; ahora tú y yo teníamos un «auto» magnífico y nos íbamos a dar la vuelta al mundo. Esto que parece un baño no lo es, sino un «auto» forrado de raso blanco... En el fondo ponemos los cojines del salón y nos sentamos...

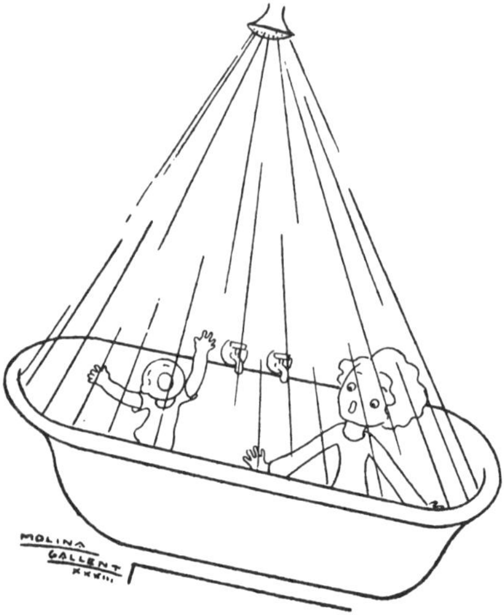

Cogí en brazos a Baby, que estaba muy contento, lo senté en los almohadones y nos fuimos de viaje.

–¡Mira, mira, Baby! ¿Ves ya los bosques y las praderas de la China? ¡Por ahí va en su palanquín el emperador! «Buenos días, señor emperador. ¿Y la señora emperadora? ¿Y los emperadorcitos? ¿Y el elefante blanco, cómo está? ¿Todos buenos?»

Baby daba como palmadas y gritaba muy contento.

–Ya hemos llegado a Jerusalén. «¡Eh!, señora cigüeña, ¿vamos bien para la Martinica? ¿Dice usted que ya la hemos pasado? ¡Vaya, adiós, buen viaje!» ¡Ay, qué tempestad se está armando! ¿No ves los relámpagos?

Encendiendo y apagando la luz muy deprisa se hacían relámpagos de verdad, y para que hubiera también truenos me puse a dar patadas en el baño, con lo que Baby se reía como loco.

Sonábamos el timbre todo el tiempo, porque era la bocina del «auto», y oíamos correr de un lado a otro a Juana y a doña Benita, llamándonos.

–Esos gritos que se oyen son los indios salvajes, que andan por los bosques, asustados de los truenos.

Después se me ocurrió tirar de la cadena de la ducha para que lloviera un poco, y, ¡Dios mío, qué manera de llover! El agua nos caía por la cara y por los vestidos, y yo estaba tan aturdida que no sabía cómo parar aquello...

Baby estaba morado, y tenía la boca abierta sin llorar... Yo me ahogaba también... Y no sé lo qué hubiera pasado si no entran Juana y doña Benita.

Nos sacaron del baño, zarandeándonos y gritando como furias...

–No te apures, Baby, es que hemos caído en manos de los indios salvajes y nos van a comer...

En esto llegaron papá y mamá, y se pusieron furiosos al vernos tiritando de frío y empapados en agua... Además, los cojines del salón se habían desteñido...

Baby ha estado malito unos días, y creían que le había dado una enfermedad de estarse quieto, que ahora les da a los niños.

Mamá ha llorado mucho, y papá estaba siempre serio y sin hablar...

Al fin todo lo he pagado yo, y me están haciendo la ropa para llevarme interna a un colegio. Me han dicho que ya no volveré a casa hasta que sea mayor y no sea un peligro para Baby...

Todo esto lo dice mamá. Papá no dice nada, y me parece que está más triste que yo con que me vaya de casa para tanto tiempo.

¿Y vosotras, amigas mías, me olvidaréis? ¡Dios mío, yo que os quería tanto y que todo os lo contaba!

Pero ahora caigo en que si vais a verme todos los domingos al salón de visitas del colegio, charlaremos y seguiremos siendo amigas. ¿Qué os parece?

La pobrecita Celia se alegrará de que la sigáis escuchando, y os contará todas las diabluras que pueden haceros reír.

Índice